90分でわかる
カント

ポール・ストラザーン 著
浅見昇吾 訳

Kant
in
90 minutes

Paul Strathern

WAVE出版

90分でわかるカント

ポール・ストラザーン 著
浅見昇吾 訳

90分でわかるカント

ポール・ストラザーン

目次

編集協力―花風社

装丁―松田行正＋日向麻梨子（マツダオフィス）

カバーイラスト―杉本聖士（マツダオフィス）

DTP―NOAH

カント——思想の背景

不可能に見える事柄があっても、それに立ち向かう人間はいる。
カントがそうであった。
ただし、不可能な事柄に挑戦したばかりではない。不可能を可能にかえている。

カントが登場したときには、哲学はすでに解体されていた。イギリスの懐疑主義者ヒュームが哲学を批判し、形而上学を不可能なものにしていたのである。ところが、カントはこの不可能な事柄に挑み、とてつもなく壮大な形而上学の体系を築きあげることに成功する。
カントを駆り立てたのはヒュームだったのである。ヒュームに反論を加えるためにこそ、カントは形而上学の構築に向かったのだ。

だが、カントがヒュームの『人間知性の研究』しか読んでいなかったのは、幸いだった。もし、それ以前の『人性論』にまで手を伸ばしていたら、事態は一変していただろう。そこで繰り広げられている急進的な懐疑主義を前にして、カントは体系的な哲学を構築しようと思わなかったに違いない。

そうなれば、様々な方面に損失をもたらしていただろう。特に、一九世紀のドイツの大学は大きな損害を被っただろう。カントの哲学がなかったら、哲学の教授は何もやることがなかったのだから……。

カントの体系はニュートンの引力理論と似ている。すべての問題を一挙に最終的に片づけるような理論ではなかったが、われわれの「ものの見方」とつながっている。

カントのような眼差《まなざ》しで世界を眺めれば、ある程度までは世界を正しく見ることができるのである。

では、ヒューム自身の哲学がどういうものだったのかといえば、いたってシンプルなものだった。哲学をつきつめれば、「自分自身しかこの世に存在しない」という結論にたどり着く。独我論という不毛の地に到達するというのである。

カントのほうにしても、壮大な体系を打ち建てているものの、その土台はかなり不確かなものであった。壮麗な体系は、危うい砂のうえに築かれた楼閣《ろうかく》のようなものだったのである。けれども、そのつくりは素晴らしかった。創意と工夫の施《ほどこ》された精巧なものだった。時を忘れて没頭できるような……。

精巧な体系ではなくカントの人生そのものについて、何を語ればよいか？　これは難しい問題である。頭のなかの哲学的遍歴を除けば、カントに人生と呼べるものがあったかどうかは、かなり疑わしい。外面的に見れば、とり立てて言うほどの事件は起きていない。規則正しい生活の繰り返しだった。

だが、同じことの繰り返しの人生を語ることが退屈な物語にしかなりえないかといえば、そうでもない。刺激的な物語になりうるのである。

カントの同時代人のカサノバや最近のヘミングウェイがそのことを証明しているではないか！

カント——生涯と作品

イマヌエル・カントは、一七二四年四月二二日、バルト海沿岸の街ケーニヒスベルクに生まれる。この街は、当時、ドイツ領東プロイセンの首都であった（現在はロシア領になり、カリーニングラードと呼ばれている）。

祖先はスコットランドからの移民だと伝えられている。これが本当なら、一七世紀のスコットランドのかの悪名高き伝道士・アンドリュー・カントとも、何か関係があるのではないだろうか。

何しろ、哲学者カントは数多くの隠語《ターミノロジー》を駆使するが、この伝道士アンドリュー・カントのために「カント」という言葉が「隠語を駆使する」という意味で用いられるようになったのだ。血筋のなせる業《わざ》ではないか、と考えてみたくもなる。

イマヌエル・カントの故郷東プロイセンは、戦争や伝染病などの災難がつづき、一度など人口が半分以下にまで減少する酷《ひど》い状況下に陥った。それでも、イマヌエルが生まれるころには、この痛手から何とか立ちあがりつつあった。

カント家は敬虔《けいけん》な家庭であったが、経済的には恵まれず、かなり貧しい生活を送っている。イマヌエルはこの家の四番目の子どもであった。彼のあとには、四人の妹と弟一人がつづく。

父親は皮紐の裁断工だった。自分の仕事になぞらえて、よく冗談めかして「俺は、皮紐の端と端もうまく合わせられなければ、お金の収支もうまく合わせられないよ」といっていたらしい。

カントは子どものころ、よく父親の仕事場へいき、父親が皮紐を手際よく裁断して手綱《たづな》をつくる様をおもしろがって眺めていたという。経済的には頼りないが、人好きのするこの父親を、カントは一生涯尊敬する。

もっとも、息子のほうは手先が不器用だったらしい。哲学的心理学者ベン＝アミー・シャルフシュタインによれば、父親の器用さを考えると「カントの手先の不器用さは、意味深長である」とのことだ。

このようなことが本当に意味深長なのかどうかは、わからない。けれども、カントに大きな影響を与えたのが実は父親ではなく、母親のほうだったということは注目に値する。

カントの母親は典型的なドイツ女性であった。教育を一切受けていないが、「自然が与えてくれた英知」に恵まれていたという。この「英知」が、「マネルちゃん」こと息子イマヌエルに大きな影響を与えたのである。

母親は息子を散歩に連れだし、田舎道を歩いては、草花の名前を教えていた。

夜になれば、空を見上げ、星と星座の名前を教えていた。その一方で、かなり信心深かったという。

愛情に満ちてはいるが謹厳実直《きんげんじっちょく》な母親のこの生き方が、カントの道徳観に強い影響を及ぼす。事実をありのままに見るとともに、道徳的な義務にあくまで忠実であること——これがカントの一生を貫き、彼の哲学を導いていくことになるのである。

五〇年以上のちに語られるカントの言葉を思い起こしてもらいたい。この有名な言葉は、母親と過ごした幼少の日々から生まれたものであることが、理解できるのではないだろうか。

「思いをめぐらし考えを深める毎《ごと》、いや増して大きく、かつ絶えざる新たな賛嘆と畏敬の念で我が心を満たすもの、二つ。我が上なる星辰《せいしん》と我が内なる道徳律」

こうして、カントは厳格な敬虔主義《ピエティスムス》の環境のなかで育つ。八歳になると地方の敬虔主義の学校に通い、一六歳まで在籍する。

しかし、学校の授業はカントを失望させるものだった。カントは卓越した知性と飽くなき知的好奇心をもっていたのに、お決まりの宗教の教えがとめどなく繰り返されただけだったからである。

このとき以降、息を引きとるまで、カントは公式的な宗教に嫌悪感を持ちつづける。成人してからも、教会に一度も通わなかったという。

とはいえ、カントの生き方はあくまで敬虔主義の考え方に沿ったものであった。簡素な生活を送り、厳格な道徳に服そうとしていた。

一七三七年には、カントに大きな影響を与えた母親が、帰らぬ人となる。貧しいカント家らしく、埋葬はいたって簡単なものだったという。

当時、カントは一三歳であったが、実はこの時期に最初の性的興奮を経験したらしい。

現代の心理学者たちは興味深い指摘をしている。

「性的な興奮を感じはじめた思春期のこの時期に、母親がこの世を去った。そのため、カントは罪悪感を抱き、性的な欲望を抑圧するようになった」

こう言うのである。

もちろん、彼らの主張が正しいのか、カントの性欲が単に衰えただけなのかは、わからない。が、母親の死ののち、カントは性的な欲望を抑え込んだ生活をつづける。その厳格さは、「英雄的」という言葉でたとえることもできるくらいだった。

一六歳で、カントはケーニヒスベルク大学に入学し、神学を専攻する。当初は地元の敬虔主義の教会から経済的援助を受けていたという。もっとも、デキの悪い学生に勉強を教えることで、自分でもいくらかの学費を稼いでいたらしい。

しかし、ほどなくしてカントの興味は神学から数学や物理学へ移る。これには、ニュートンの著作との出会いが大きなきっかけとなったようだ。

ニュートンを読み、天文学から動物学まで、広い科学の全分野で飛躍的な進歩が成し遂げられたことに気づき、驚嘆したのである。また、新たな科学的発見の哲学的意味合いに対して、目が開かれたのである。

実験にもとづく近代科学と折り合えるのは、経験主義の哲学しかない。世界に関する人間の知識は、経験に由来するものでなければならない。こう考えたのである。

時が流れ、一七四六年、カントが二二歳のとき、父親が帰らぬ人となる。子どもたちは無一文でとり残されてしまう。幼い妹たちは教会関係者の家に引きとられ、他の妹たちはメイドとして働くことになる。カント自身は地元の学校で職を得ようとしたが、叶わなかった。そのため、学位の取得も果たせぬまま、大学を去ることを余儀なくされる。

このときから、カントの家庭教師時代がはじまる。郊外の良家の子弟たちに勉強を教えることで、九年ものあいだ生計を支えていくのである。

（カイザーリンク伯爵家にも、雇われたことがあったようだ。この家から、のちに哲学者気どりのヘルマン・カイザーリンクが生まれる。第一次世界大戦後、打ちひしがれた社交界のマダムたちに、魅

惑的な嘘を並べ立てたあのヘルマン・カイザーリンクだ）

少しでも予定外の収入があると、カントは必ず妹たちにいくらかのお金を送っていたという。もっとも、これは単なる習慣のようなもので、この送金以外に家族とのつき合いは一切なかった。別に、カントの気どり《スノビズム》に原因があるのではない。「簡素な生活を好むとともに、つねに物事から一歩距離をおこうとする生来の気質」のなせるわざなのだ。年齢を重ねるにつれてカントの生活を覆《おお》っていくこの性格が、家族との交流を妨げた。そういわれている。

カントが生きているあいだ、妹たちはずっとケーニヒスベルクに住んでいた。ケーニヒスベルクは当時、わずか人口五万人の小さな街にすぎない。それなのに、カントは結局、二五年以上ものあいだ、妹たちの誰とも会わなかった。

たまりかねた一人がカントのもとを訪れると、カントは相手が誰なのかすら、わからなかったという。妹が名乗ると、今度は居合わせた人たちに、妹の教養のなさを詫《わ》びたという。カントがようやく手にした教授の地位を鼻にかけていたわけではない。よく知られているように、カントは「馬鹿」に我慢ができなかったのである。たとえ身内であっても、「馬鹿」は許せなかった。ただそれだけなのだ。

しかし、この出来事からは、他の興味深い事柄が読みとれる。

カントの妹は、知性の面でも外見の面でも、母親によく似ていたことは間違いない。年齢にしても、カントの記憶にある母親と同じくらいだったはずである。

どうして妹のことがわからなかったのだろうか？　母親への愛が深すぎて、目の前の人間のうちに母の面影を読みとることすら、できなかったのだろうか？

この点に関しては、おもしろい指摘がなされている。

カントは母親が押しつけたもの——事実の尊重、道徳的意識、性的欲望の抹殺——を抑圧と感じ、無意識のうちに様々な反感を抱いていた。

こう言うのである。

なるほど、妹に気づかなかったことや、妹と関係を持とうとしなかったことの原因は、そんなところにあるのかもしれない。とはいえ、本当のところを知ることなど不可能である。

（カントには「生活」と呼ぶべきものがなかったが、かえってそのために心理学者の大きな関心を呼んでいる。「比較的」まともな生活を送った他の哲学者よりも、カントの生活のほうが興味深いと言うのだ。だが、哲学者の場合、いったい何をもって「まとも」とするのだろうか？）

自分の家族に対しては冷淡だったカントも、家庭教師先の家庭にはうまく溶け込んだ。豊かな家族の一員として、生活を楽しんでいたようにもみえる。

元来は、カントは性格も外見も、ちょっと風変わりな人間だった。身長は五フィート足らず。不自然なほど頭が大きい。体全体が幾分よじれた感じで、左肩は前に落ち、右肩は反り返っている。頭はいつもどちらかに傾いていた。この体に綻《ほころ》びた服をまとい、無一文でケーニヒスベルク大学のキャンパスを闊歩していたのである。お世辞にも、垢抜けた存在とは言えなかった（もっとも、ケーニヒスベルク大学自体が垢抜けたものとは到底言えなかった）。

ところが、裕福な家の家庭教師になると、様子が一変する。小粋な衣服に身をつつむようになる。訪問客とのつき合いも増え、積極的で陽気になる。ウィットに富み、洗練された物腰を身につける。カードやビリヤードの腕をあげる。そういう具合であった。

一家が夏の休暇で田舎へ出向くときは、カントも同行した。ケーニヒスベルクから五〇マイルほどの旅である。そして後にも先にも、カントがこれ以上故郷から遠く離れたことはなかったのである。

とはいえ、この「比較的」優雅な生活の時期は長くなく、やはり人生の一エピソードとしか言えないものであった。

一七五五年、カントは三一歳で、ようやくケーニヒスベルク大学で学位を取得する。この年齢で取得するにあたっては、敬虔主義の信者からの経済的援助も支えとなっていたようだ。

三一歳というのは学位を獲得するには遅い年齢である。しかし、これからみていくように、カントの哲学的な歩みはきわめて遅々としたものなのである。ほぼすべての一流哲学者が三〇歳になる前に、後世に名を残す哲学的アイデアを形成しはじめているが、カントの場合、さらに二〇年もの歳月を待たないことには、独創的な哲学を築きはじめないのである。

さて、学位を獲得したため、カントは大学で私講師として活動できるようになる。カントは一五年ものあいだこの恵まれない地位にとどまりながら、うまずたゆまず地道に研究を重ねていく。

この時期にカントが講義で取り上げた分野は、主に数学や自然学である。そして、多様な科学的論文を公刊している。論文のテーマは火山活動、風の性質、人類学、地震の原因、火の性質、地球の年齢、そして惑星にまで及んだ（いずれは様々な惑星に生物が住むようになり、太陽からもっとも遠い惑星で一番知能の高い生命体が育つだろう、というのが彼の予想だ）。

とはいえ、カントは生まれながら、哲学を志すように定められた人間だった。だから、自《おの》ずと幅広い哲学の著作に目を通すようになる。

まず、合理的哲学。

ここでは、ニュートンやライプニッツから強い影響を受ける。

ニュートンは自然学と数学の領域において偉大な成果をあげているが、実は当時は自然学と数学は哲学の一分野にすぎず、「自然哲学」とみなされていた。ニュートンの画期的名著『プリンキピア』の正式タイトルを見れば、このことがよくわかる。この本は実は、『自然哲学の数学的原理《プリンキピア》』というのである。

カントはこのニュートンを徹底的に研究し、ついにはニュートンに対立する『運動と静止の新説』を打ちだすまでになる。確かにカントには、ニュートンの考えを誤解している部分があったかもしれない。しかしここでは、そんなことは重要ではない。大切なのは、カントが森羅万象を包み込む体系について思索をめぐらせ、独自の思想的基盤にもとづきながら、当時の最大の知性に立ち向かう勇気をもったことである。

もう一人のライプニッツのほうは、因果関係に支配された自然世界にも道徳的な目的が潜み、この目的は内的な調和《ハーモニー》を奏《かな》でている、と主張する。カントはライプニッツの影響を受け、気づく。

「人間は自然界の一員であるだけではない。世界の究極の目的に関与しているのだ」と。

けれども、カントが関心を寄せたのは、ニュートンやライプニッツの合理主義だけではない。科学の哲学的基盤に興味をもっていたカントは、スコットランドの哲学者ヒュームにも目を向けるようになる。

ヒュームは「人間の知識はすべて経験にもとづく」と声高に主張する。カントはこれに強い刺激を受ける。だが、他面でカントはヒュームに戸惑いを覚える。なるほど、ヒュームの主張は科学的なアプローチと矛盾するものではない。だが、ヒュームの徹底的な経験主義からは、懐疑主義が帰結するのである。

ヒュームの主張は、人間が経験するものは知覚の連《つら》なり以上のものではない、というものだ。しかしこのことは、「原因」や「結果」、あるいは「物体」といった観念、そして「創造主たる神の支配」といった考えが、すべて単なる仮説や思い込みにすぎないということを意味する。このようなものは、実際には一度も経験されることがないからである。

ところで意外なことに、カントはニュートン、ライプニッツ、ヒュームの哲学ばかりでなく、ルソーからも深い感銘を受けている。ルソーはアカデミックな世界からもっとも遠い哲学者であったが、ロマン主義の代表者であり、合理的な思考よりも、感情を重んじていた。感情によって個性を自由に表現することができる、と信じていたのである。ルソーは自由を讃え、フランス革命の火つけ役となってもいる。

カントは本来、クールでドライな人間なのかもしれないが、ルソーはカントの心の琴線に触れた。抑圧され、心の闇に眠るカントの感情――ルソーはこれを呼び起こしたのである。しかめ面《つら》をした大学教師の仮面の下には、実はロマン主義者の熱い魂が脈打っていたのである（カントのこの側面は、のちに彼の哲学自体のうちに散見されるようになる）。

こうして、カントに影響を与えた人物として、ニュートン、ライプニッツ、ヒューム、ルソーを挙げたわけだが、このような名前を見てみると、種々様々な哲学的傾向が並んでいるのに気づく。果たしてカントもこの時期は、これらのものをバラバラに吸収していたにすぎない。このバラバラのものを融和させ、自分の血とし肉とすることができたとき、カントは独創的な哲学へ向けて歩みだすことになるのである。だが、これは壮大な仕事だ。当然、途方もなく長い時間がかかることになる。

あまりの壮大さに飽き飽きしたのだろうか。この時期、カントは奇妙な本を出版する。堅い学術書ではない。『形而上学の夢によって解明された視霊者の夢』という、おかしな調刺本だ。タイトルにある「視霊者」とは、スウェーデンの予言的神秘家、スウェーデンボリ。天国と地獄をめぐったという長い旅行記で有名な男である。

このスウェーデンボリは一七五六年に、全八巻の著書『天界の秘儀』を世に問う。残念なことに、この作品の売れ行きは芳《かんば》しくなかった。一〇年たっても、わずか四部しか売れなかった。そのうちの一部を、カントが買ったのである。

この世ならぬ事柄に関して意味不明の言葉を並べるこの本が、カントに大きな影響を及ぼす（スウェーデンボリを風刺する書物を書く気にさせるほど大きな影響だったのである）。

冗談か本気かはわからないが、カントは序文で次のようなことを言う。

「ある種の自己卑下をもって告白したい。私は単純な男であるので、スウェーデンボリが述べる話のいくつかについて、それが本当かどうか調べてみたのだ。だが、話を裏づけるものを何も見つけられなかった。はじめから本当のことがないところでは、そうならざるをえないが……」

しかし、読み進めていくと、すぐに気づく。

「史上最悪の視霊者」や「誤った概念から生まれた雑多で空虚な世界」に対するカントの嘲《あざけ》りを額面通りに受けとることはできない、と。

カントは次々に嘲《あざけ》りと軽蔑の言葉を投げつけるが、その言葉のあいだからは、スウェーデンボリに対する熱く真剣な眼差しが透けて見えてくるのである。

なぜ熱い眼差しを向けたのだろうか？

いまなお形而上学を打ちたてることができる——カントはそう信じたかったのである。スウェーデンボリのような極端なものでなくてもよかったが、形而上学の可能性を信じたかったのである。そのために、スウェーデンボリの形而上学に熱中したのである。

しかし、カントの鋭敏な知性が思索を進めれば進めるほど、素朴な形而上学への道は不可能に思われてくるのだった。


カントの講義の話に移ろう。

カントの講義はどのようなものだったのだろうか？

カントの文章は冗長で難解なことで知られている。が、講義のほうはおもしろく、わかりやすいものだったらしい。出席者のすべてがそう口を揃えている。体のねじれた背の低いカントが教壇にのぼると、学生からは講義用の机のうえにカントの頭が載っているようなものだった。かつらが学生に向かって話しているようなものだったのである。

けれどもこの頭——元来は几帳面で正確さを好む頭——からは、ウィットに富んだ言葉が迸《ほとばし》り出た。鋭い着想や博識で聞く人を魅了した。カントの講義は人気を博す。

こうして、科学的なテーマを扱った一連の論文と相俟《あいま》って、カントの名声が急速に高まる。

特に、夏におこなわれる地理学の講義は有名であった。この講義を聴くために、学外からたくさんの聴講生が押しかけたという。三〇年以上もつづいたこの講義のおかげで、カントは初の学究肌の自然地理学教師として名を馳せた。

カントの講義は、遠く離れた土地の驚くべき事柄を、鮮やかに生き生きと描きだしていたという。

しかし、これは実は驚くべきことなのだ。カントは一生涯、山も外海も見たことがなかったのである（どちらも、二〇マイル足を伸ばしさえすれば、見られるものだったが……）。

すべては書物から拾ってきたものだった。

凍てつくバルト海の霧が、辺境の地ケーニヒスベルクの通りを流れていく冬の長く寒い夜。カントは、はるかなる異国の地についての本を夢中で読み耽《ふけ》っていたのである。


カントはついに哲学の講義をおこなうようになる。扱う領域は幅広い。認識論や倫理学から、論理学までだ。さらには、形而上学まで主題として取り上げる。カントは様々な領域を詳しく研究していたのである。

そのあいだに、花火、軍事防衛、天界といった比較的扱いやすいテーマに関しても、論文をものしていく。

ところが、どうしたことか。このような華々しい活躍にもかかわらず、カントはケーニヒスベルク大学の教授の職を得るのに、二度も失敗してしまう。大学側がカントを拒絶したのである。理由ははっきりしない。田舎の階級意識が邪魔をしたのかもしれない。あるいは、単にカントのことが嫌いだったのかもしれない。しかし、どちらにしても、カントのほうはケーニヒスベルクが気にいっていたようだ。他の大学から招致されたときでも、辞退してしまうのである。たとえば、詩学の教授に推されたときにも、断ってしまう。

(詩学の教授になっていれば、カントも詩に関する評論をものしていたに違いない。とはいえ、カントのことだから、きっと難解なものになっていただろう。ダダイズムの評論のように……)

一七七〇年になると、ケーニヒスベルク大学も態度をあらため、カントを論理学と形而上学の教授に任命する。カント、四六歳のときである。

この時期、カントはすでにライプニッツに対してかなり批判的になっていた。そのため、ドイツの哲学会を支配していたライプニッツの弟子たちと、その偏《かたよ》った合理主義哲学に批判の刃《やいば》を向ける。

ヒュームの経験主義を否定することはできない。カントはこう思ったのである。だから、ヒュームの懐疑主義すら、受け入れようとする。

客観的な対象、原因と結果、連続性、そして自我や自己。こうしたものは、人を惑わす概念だ。人間はもっぱら経験から知識を引きだすのに、この種の概念は経験の領域を超え出ているのだから。

カントはこのような主張を認めようとしたのである。合理的に議論を進めていけば、このような結論にたどり着くしかない、と思えたのである。

とはいえ、カントはヒュームの結論に満足していたわけではない。何しろ、ヒュームの主張が正しいとするなら、哲学など存在する余地はなくなってしまうからである。

では、哲学は本当にヒュームで終焉を迎えたのだろうか？

そうではない。

ある日、ヒュームの『人間知性の研究』を読んでいたとき、閃光のようなひらめきがカントを襲い、カントは開眼するのである。

形而上学の息の根をとめるヒュームの破壊的な懐疑主義に対して、どう対応すればよいのか。哲学の体系を構築するにはどうしたらよいのか。このことを一瞬のうちにみてとったのである。

その後一〇年近くものあいだ、カントは何も出版せず、ひたすら独自の哲学を育《はぐく》みつづけた。

この時期、カントの規則的な生活は伝説の域にまで達する。

ハイネの言葉を聞いてみよう。

「起床し、コーヒーを飲み、著作活動に励み、講義し、食事をし、散歩する。この生活の要素のそれぞれに、決まった時間が割り当てられていた。カントがグレーのフロックコートに身をつつみ、杖を握り、家から出て、菩提樹の生えた小さな道を散歩すれば、近所の人は寸分違《たが》わず三時半だとわかったという。カントにちなみ『哲学者の道』と呼ばれるこの菩提樹の道を、カントは季節にかかわりなく、必ず八度往復した。天気が優れないときや、重く立ち込める雲が雨を予感させるときには、老僕ランペが大きな傘を脇の下に抱えながら、心配そうにカントのうしろをついていくのだった。カントを温かく見守る神のように……」

しかし、カントも一度だけ、この散歩の習慣を破ったことがあった。ルソーの『エミール』を読みはじめたときである。本に夢中になり、読み終えようとして、散歩を忘れてしまったのである。

ロマン主義的な感情の肯定、感情の賛歌だけが、カントに鉄の習慣を忘れさせたのである。

それでも、やはりこれは一度かぎりの出来事だった。ロマン主義的な感情の力をもってしても、カントの一生を支配するいくつもの習慣を突き崩すことはできなかったのである。

たとえば、カントはこのころ二度ほど真剣に結婚のことを考えた。けれども、二度とも、考えすぎてしまった。結論を出すまでに、途方もなく長い時間がかかったのである。そのため、カントが結婚しようと決断したときには、一人はすでに他の男性と結婚してしまっていた。もう一人のほうは、ケーニヒスベルクを離れて、他の街に移り住んでいた。

カントは何事においても、早急に結論を出すような人間ではなかったのである。

こう聞くと、ルソーに対するカントの傾倒もあくまで理論的なものに違いない、と思われるかもしれない。

だが、そうではないのである。

しばらくして、フランス革命が勃発し、ルソーの理想が数多く実を結んだとき、カントは感動のあまり涙を流したのである。

これは興味深い出来事であろう。ケーニヒスベルクは辺鄙《へんぴ》な田舎町で、極端な保守主義に染まっていた。フランス革命に共感するような人間は、カント以外にほとんどいなかった。既存の体制にしっかりくみ込まれた大学のような場所では、なおさらである。カントは特異な存在だったのである。

一七八一年、カントはようやく『純粋理性批判』を公刊する。いまでこそ、この著作はカントの最高傑作とみなされているが、出版当時は必ずしも評価が高かったわけではない。

カントが原稿を友人のヘルツに送ったところ、ヘルツは半分しか読まないで、カントに送り返した。「これ以上読んだら、気が狂ってしまう」というのが、ヘルツの言い分である。

ヘルツの言葉も、もっともなことかもしれない。実際にこの作品をひもとけば、たいていの人はヘルツと同じ気持ちになるのではないだろうか。著作が極端に長くなるのを嫌って、カントは論証や具体例をかなり省いている。だが、このような努力をしたにもかかわらず、英訳版で八百ページにも及ぶ膨大なものになっている。

それればかりではない。中身をみてほしい。終始、こんな調子なのだ。

「必然的命題は実然的命題を、まさに悟性の法則によって限定されているものとして考えさせる。したがって、またこれをアプリオリに断定する。そして、このような形で……」

もっとも優れた翻訳といわれるものですら、大差はない。ドイツ語の原文がどのようなものかなど、考えたくもない。

半分ほど読むまで、ヘルツが「気が狂う」ことを心配しなかったほうが奇跡なのかもしれない。

しかし、だからといって、カントの哲学の壮麗さから目を背けないでもらいたい。

では、カントはいったい何を目指していたのだろうか？

形而上学の復興である。

カントは一方ではヒュームや経験主義者の考えに与《くみ》し、「生得的な観念」など存在しない、と主張する。けれども他方で、「経験がすべての知識の源である」という考えには反対するのである。

経験主義者によれば、人間の認識はすべて経験に合致するものでなければならない。ところが、カントは天才的な閃《ひらめ》きによって、経験主義者の議論を逆転させる。

経験に合致するとき、認識が生まれるのではない。人間の認識の営みや枠組みに合致しないかぎり、経験と呼ばれるものは生じてこない。

こう主張するのである。

だから、カントにとっては時間や空間は、人間の外にある客観的なものではなく、主観的なものになる。時間や空間は、人間がものを見る際の枠組み、つまり人間がものを見る際に絶対に必要な道具ということになる。たとえて見れば、絶対にとり外すことのできない眼鏡のようなものなのである。この眼鏡なしには人間は世界を見たり、世界を理解したりできない、というわけだ。

だが、カントの議論はさらにつづく。

人間が世界を理解するために必要なものは、時間と空間だけではない。別のものも必要なのだ。それは一二個の（カントが言うところの）カテゴリー（枠組み）である。これも経験に先立つ形で人間に備わるもので、人間の悟性の活動を表現したものに他ならない。質、量、関係などがそうしたカテゴリーだ（これらも、とり外すことのできない眼鏡のようなものである）。この枠組《カテゴリー》みなしには世界を見ることができない。人間が世界を眺める際には、質や量などの観点を用いらざるをえない。

こう言うのである。

ここから、どういう結論が出てくるか？

人間が見ることができるのは、眼鏡に映った現象《フェノーメナ》の世界だけだ、ということになる。

つまり、「眼鏡の向こう側にある本当の世界《ヌーメナ》」、「現象《フェノーメナ》を生み出す本当の現実」「現象《フェノーメナ》を支える本当の現実」——人間がこれをみてとることは絶対にありえない、ということになる。

それでは、このような考えに対して、どのような評価が下されてきたのだろうか？

たとえば、「山もみたことがないような人間だから、空間は人間の外にあるのではなく、人間の認識装置の一つにすぎないなどと、言えるのだ」という反論がある。

だが他方で、この反論に懐疑的な眼差《まなざ》しを向け、「議論でねじ伏せるのではなく、人身攻撃などしてみても、哲学を反駁《はんばく》したことにはならない」という批評もある。

評価は様々なのだ。

だが、いずれにしても、「時間、空間、カテゴリー（複数性、因果関係、存在などの概念も含まれる）は、現象界《フェノーメナ》ないし経験の世界に対してのみあてはめることができる」というのがカントの主張だ。

そして、経験されない領域に対してこれらを用いたら、二律背反《アンチノミー》に陥《おちい》ってしまうという。すなわち、相矛盾する二つの命題が、反駁の余地のない形で両方とも証明されてしまうというのである。「純粋に知的な議論」を展開しても、相矛盾する命題が証明されてしまう、というのだ。

だから、カントは神の存在証明（および神の「非」存在証明）に対する知的な証明を破壊する。経験を超えた領域に、「存在」などのカテゴリーを用いてはならないというのである。

ということは、『純粋理性批判』でカントが形而上学の復興を目指したのが確かだとしても、古《いにしえ》の形而上学に全面的に帰っていこうというのではないことになる。この両面に注意を払わなければならないのだ。

「純粋理性」ということでカントが指しているのは、アプリオリな理性、つまり「経験《プリオ》に先立って知る」ことのできる理性のことである。カントに大きな影響を与えたヒュームの場合、経験に先立つような（経験を超え出るような）存在を否定しているが、カントのほうは「純粋な悟性のカテゴリー」という形で、超越的な要素、形而上学的な要素を復興させた。少なくとも、カント本人は復興させたと考えている。

なぜカントがそのような道をとったかといえば、実はヒュームの懐疑論は単純明快なようにみえるが、現実の世界の問題に直面すれば、それにのっとって生活することなどできない代物だからである。たとえば、ヒュームは客観的な因果関係を否定する。しかし、それではすべての科学が形而上学と同じような「現実から遊離した代物」になってしまう。これでは困る。これに対して、カントの議論のほうはかなり洗練された巧緻《こうち》なものとなっている。

だが、どうだろう?

それでもやはり、「哲学的な」観点からすれば、カントはヒュームの議論をほとんど克服していないのではないだろうか。

なるほど空間や量などの枠組《フレームワーク》みがないとしたら、人間は世界を経験し理解することはできないかもしれない。だが、どうしてそこから、空間や量などは人間の外に存在しない、という結論が出てくるのだろうか。どうして、時間や空間やカテゴリーは経験に先立って（経験に依存せずに）存在できるのだろうか。難しい問題である。証明はかなり困難なはずである。

それでもカントは主張する。

本当の世界を知ることはできない。

人間が認識することができるのは、現象界《フェノーメナ》にすぎない。

現象界《フェノーメナ》を作りだし、支えつづける物自体《ヌーメナ》は、永遠に知ることができないものである。

人間が目にする現象と物自体が何らかの形で似ている、と想定するいわれはない。

現象界とは、人間に備わるカテゴリーを通して見られた世界であって、物自体とは関係がない。物自体は、「量」や「質」や「関係」などとは無関係な彼方にある世界なのだ。

こう言うのである。

さて、この『純粋理性批判』が出版されてからも、カントはあいかわらず極端なほど規則正しい生活を送っていた。カントに社会的交流がまったくなかったわけではない。けれども、カントにとっては社交など、人生においてさほどの重要性を持たないものだった。確かに、多くの優れた学生や若干の教師たちと交流を重ねていた。しかし、誰とも親密な間柄にならなかったのである（数十年のつき合いのある相手にでも、親しげに《ドゥーと》呼びかけることはなかった）。

カントには、思索が人生のすべてだったのである。

「学者にとって、思索とは日々の栄養のようなものだ。目覚めているときに、あるいは一人でいるときに、思索することをやめてしまったら、生きていけないのだ」

そしてカントは他の誰のことよりも、自分のことを知ろうとしていた。しかし、「カントを知る」ことは、他人にとって難しいだけでなく、彼自身にとっても困難なものであった。

「私は自分のことがよくわからない」とカントは率直に語っている。

どうしてわからないのだろうか？

おそらく、カントは恐れていたのだ。みたくないものを発見してしまうことを……。

この点に関しては、前述の哲学的心理学者シャルフシュタインがカントの心の内奥に迫ろうとしている。

「物自体というのは、ただ知りえないだけの代物ではない。知ることが禁止されているものなのだ。換言すれば、物自体とは、カントの抑圧された感情生活そのものなのだ。これが暴露され、その波に飲み込まれてしまうことを、カントは恐れたのである」

彼の哲学は心のあり様と対応している――このことは興味深く、注目に値するかもしれない。

しかし、そこから何が解き明かされるというのだろう。

カントの精神構造が彼の哲学に影響を与えたということだろうか？

こう言うしかないだろう。

「カントの哲学が彼の心を映しだしているにしても、きわめて粗雑な意味においてそうなのだ。この粗雑な類似性から何かを引きだそうとしたら、カントの心の複雑さと彼の哲学の精妙さの双方を侮辱しかねない」と。

ところで、このようなカントには、友人がまったくいなかった。カント自身そのことを自覚している。けれども、カントはまったく気にかけていなかった。そして、友人に関するアリストテレスの言葉を好んで引用した。

「我が友人たちよ！　私には友人がいないのだ！」

なぜだろうか？

「友情とは、厚意を特定の人間に向けることに他ならない。なるほど、厚意を向けられた人間にとっては、好ましいことかもしれない。だが、特定の人間に厚意を向けることは、普遍的な善意や一般性が欠けているということを証しているだけなのだ」

心理学者たちによれば、カントが親しい人間関係を築けなかった（あるいは築こうとしなかった）のは、心の奥底に深い悲しみや不幸があったからだそうだ。

しかし、カントに打ちひしがれていた様子はない。

その正反対だ。

カントに会う人は、みな彼から快活な印象を受けている。

同僚のコメントをみてみよう。

「カントは生来、快活なほうでした。世界を眺めるにしても、肯定的な目で眺めていました。……そして、まわりを快活さで包み込みました。カントはたいていは上機嫌だったのです」

他の人間も、同じような感想をもっていた。

『純粋理性批判』の出版の七年後、カントは『実践理性批判』を発表する。

この著作では、カントは「神」を復活させる。『純粋理性批判』においては、「神」は一二のカテゴリーのどれにも適さないから、語りえぬ対象であった。しかし、実践理性の領域では、事情がかわる。

『実践理性批判』は、カントの体系の道徳的部分を担う。それゆえカントは、認識の形而上学的基盤ではなく、道徳の形而上学的基盤を探求する。すなわち、道徳の根本法則を探すのである。

しかし、万人が納得するような道徳の根本法則を発見することなど、およそ不可能なことではないだろうか。

世の中には様々な人間がいる。キリスト教徒から仏教徒まで、あるいは自由主義者から頑固な保守主義者まで、実に様々である。このような人たち全員が同じ一つの「善」を信じるということが、ありうるのだろうか?

カントは道徳の根本法則があると考えた。

だが、代償を支払わねばならなかった。カントは道徳の根本問題とされてきたものを回避して、「善」と「悪」を考察の主題から外してしまうのである。つまり、「善」と「悪」という道徳の根本的概念をめぐる様々な解釈に共通する本質《エッセンス》――カントはこれを求めたのではないのである。

道徳の内容ではなく、道徳の基盤を求めていたのだ。

そうカントは強調している。

実践理性の場合も純粋理性の場合と同じで、大切なのは、カテゴリーのようなアプリオリな原理だというわけである。

それでは、カントは実際には何を提唱したのだろうか？

「定言命法」（絶対的命令）といわれるものだ。

定言命法こそ、すべての道徳的な行為のアプリオリな根拠、つまり形而上学的な前提だというのである。

この定言命法は純粋理性（理論理性）のカテゴリーと同じような機能を果たす。つまり、道徳的な人間の思考活動（実践理性）に一定の枠組《フレームワーク》みを与えるものなのである。ただし、具体的な道徳的内容や実質を与えるものではない。

だから、カントは定言命法を次のように定義する。

「普遍的な法則になることを君が望むような原理——それにのっとって、行動しなさい」と。

この定言命法に導かれて、カントは独特な道徳観を持つようになる。

人間は感情にもとづいて行動してはならない。

人間は義務にもとづいて行動しなければならない。

こう言うのである。

しかし、このような主張からは奇妙な結論が導きだされる。

例を挙げてみよう。

カントによれば、ある行為を道徳的と判定する基準は、行為の結果にあるのではない。行為がひたすら義務のためになされた場合にのみ、その行為は道徳的なものとなる、というのである。

こんな馬鹿な話はない。少なくとも、道徳が孤立した人間の独り善《ひとりよ》がりな正義感や徳目でなく、社会と関係しているものなら、カントの考えはあきらかに間違っている。

そのうえカントは、定言命法はただの枠組《フレームワーク》みにすぎない、と考えている。道徳的な内容ないし実質が欠けているというのだ。

だが、カントの思い通りに事は運んでいない。定言命法からは、やはり具体的な道徳の内容が透けて見えてくるのである。「一様性の道徳」とでも呼ぶべきものが浮かんでくるのである。カントの定言命法によれば、誰もがまったく同じように行動しなければならない。職務や気質など、一切関係がない。みな同じように行動するべきなのである。

しかし、一国の首相や大統領が修道院長と同じ道徳観を持たなければならないのだろうか？　首相や大統領に修道院の道徳を試してみろ、というのだろうか？　チャーチルはガンジーのように行動しなければならないのだろうか？　あるいは、ガンジーがチャーチルのようにふる舞うべきなのだろうか？

（ここには難しい問題が潜んでいる。体系化を目指すかぎり、どのような道徳も前述のような硬直した結論に至りついてしまうものなのかもしれない。けれども他方で、何らかの道徳の体系がなければ、何の価値判断も下せなくなり、人間は途方に暮れてしまう）

さらに、カントは自分の厳格な体系に忠実にしたがい、「どのようなことがあっても、けっして嘘をついてはいけない」と主張する。カントは、ここから滑稽な結論が出てくることを十分承知していた。それでも、「嘘を絶対につくな」というのである。

カントの言葉を聞いてみよう。

「君の友人が殺人者から逃れるために、君の家に避難してきたとしよう。そして、殺人者が君の友人を追いかけて君の家のところまできたとしよう。このようなときでも、この殺人者に対して、『友人はいない』と嘘をつくことは罪である」

こういっている。

ということは、カントだったら、ナチスに友人のユダヤ人を引きわたすような真似をしたのだろうか？

否、絶対にそんな真似はしなかったはずだ。

カントについて多くのことが知られているが、どうみても友人を引きわたすような人間にはみえない。聡明なカントのことである。きっと、「ナチスに友人を引きわたすな」という「義務」をすぐに発見したに違いない。

それでも、理論的に見れば、嘘の問題はカントの体系の欠点をあきらかにしている。カントは嘘の問題を「極度なほど」真剣に考えすぎていたのである。

おもしろいエピソードがある。

カントは手紙の末尾に添える決まり文句「あなたの忠実なる僕《しもべ》」を、手紙に本当に書いてよいものなのか、悩み抜いたというのである。

「あなたの忠実なる僕《しもべ》」と書いたら、嘘になるのではないか。カントはそう思ったようである。

自分は誰の僕《しもべ》でもない。また、手紙の相手に忠実にしたがうつもりもない。そう思い悩んだのである。しかし最後には、この件に関しては柔軟な姿勢をとったという。

とはいえ、強硬な姿勢をとりつづけた事柄もある。たとえば、小説の問題である。

カントは小説を読むことに断固反対だった。小説は思考をバラバラに断片化させてしまい、記憶力を減退させる、というのだ。「他人に語って聞かせるために、小説を暗記することなど、滑稽きわまりないことではないか」とすら、カントはいっている（こんな発言をする以上、カントは小説以外の書物をすべて暗記していたということになる。軽んずることのできない事実だ)。

だが、カントはルソーの『新エロイーズ』のことを忘れている。名作『新エロイーズ』はカントに大きな影響を与えているはずだ。しかも、カントは記憶を断片化させてもいないし、記憶力を減退させてもいないのである。

小説とは対照的に、カントは詩を読むことを好んだ。ただし、知的な雰囲気を持ち、徳と感覚を調和させるようなものにかぎられていた。カントにすれば、韻を踏んでいない詩など、狂った散文と同じだったのである。

音楽となると、事情はさらに込みいってくる。何しろ、カントの心の固い殻を破り、秘められた感情の領域に踏み込めたのは、音楽だけだったのだ。しかし、だからこそ逆に、音楽に対する評価は厳しいものとなる。

音楽家には個性や気骨がない。なぜなら、彼らの奏でる音楽という代物は、すべてを感情や感覚に解体してしまうのだから。

カントはこう言いながら、学生たちに音楽を聴かないように説いていた。音楽を聴くと、人間は弱々しく退廃的になる、というのである。

それでも、彼自身はコンサートに通っていた。

しかし、それも哲学者モーゼス・メンデルスゾーンの追悼コンサートまでだった。ここで深い悲しみにさらされつづけた結果、カントは二度とコンサートに足を運ばなくなった（ちなみに、カントは民謡を嫌っていた。母親がしばしばカントに歌って聴かせていた音楽――それを嫌っていたのである）。

一七九〇年、六六歳のとき、カントは『判断力批判』を公刊する。これは、『純粋理性批判』『実践理性批判』につづく三つ目の「批判」の書であり、全体を締めくくるものである。

この書物でカントは、こともあろうに、美的判断を主題にする。ただし、目的論や一種の神学など、様々な問題も扱っている。

カントの主張を見てみよう。

芸術があるからには、それを創りだした芸術家がいるはずである。だから、世界のなかに美しいものがある以上、それを創りだした慈しみ深い創造主がいるはずだ。

こう言うのである。

そしてこの観点から見れば、――かつてカントが語ったように――善行をなそうとする心情のうちと同様に、天上の星辰《せいしん》のうちにも、神の御業《みわざ》がみてとれることになる。

さて『純粋理性批判』や『実践理性批判』と同じように、『判断力批判』でもカントは形而上学的基盤を打ち建てようとする。今度は、美的判断に対する形而上学的基盤だ。つまり、美を理解することを可能にするアプリオリな原理——これを築きあげようとするのである。

しかし、今回はカントの足元も、心もとない。美に関して、意見の一致《コンセンサス》を得ることは途方もなく難しいからである。

スイスのアルプスの光景を感傷的なものとみなし、表現主義の芸術に精神の拠り所を求める人間もいるだろうが、そうでない人間もいる。一見したところでは、美に関して意見の一致を見ることはありえそうにもないのである。

ところが、カントは何もかもを自分の体系の枠内に収めようとする。

カントは言う。

「ある人が何かをみて美しいと思ったとしよう。彼は、万人が彼の判断に同意すべきだと主張する」

こうなると、道徳の領域における定言命法と似てくるように思われる。しかし、美の領域における普遍性の要求は、うまく機能しないのである（卑俗な個人的レベルでなら、誰もが同じように判断すべきだと考えるかもしれないが）。

たとえば、私がフランシス・ベーコンの叫び声をあげる法王の絵を美しいと思ったとしよう。しかし、だからといって、他の人が全員私と同じような評価を下すことを私は期待しない。

カントは、「全員の意見が一致すべきだ」という病魔にとり憑《つ》かれていたにすぎないのである。

カントの議論をさらに追ってみよう。

そうすると、「科学が可能なのは、ひとえに自然が統一的で整合的であるからである」という趣旨の主張に出会う。この統一は理論的には証明されえないが、やはり想定せざるをえない、というのである。

そのうえ、この主張に関連させて、「自然の合目的性」という概念を持ちだしてくる。自然は一つの意図や目的にもとづいて、創られているようにみえる、というのである。

カントによれば、この「自然の合目的性」は「特殊なアプリオリな概念」に他ならず、この「自然の合目的性」という「アプリオリな概念」が自然を統一的で整合的なものにするのである。

本当だろうか？

自然の統一性や整合性を考えるのに、必ずしも「アプリオリな概念」など必要はない。

現代人なら、こう思うに違いない。

それだけではない。

現代の量子理論は、自然の統一性や整合性にすら、疑問を投げかけているのである。

カントにしたところで、自然の合目的性を証明できるとは思っていない。自然が目的をもっている「かのように」みえる。あるいは、そのようにみざるをえない。こういっているだけである。

言葉をかえてみよう。

醜いもの、目的に適っていないようにみえるもの、悪しきものは確かに世界のなかに存在するが、そのようなものと精神を高揚させるものとを比べてみれば、後者のほうがはるかに勝っている。

　カントはそういっているだけなのだ。

（興味深いことに、次の一九世紀になると、ショーペンハウアーがカントの議論をひっくり返す。否定的な悪しきもののほうがはるかに勝っているというのである。二人の議論を比べてみると、ショーペンハウアーのほうに説得力があるようにみえるかもしれない。しかし、どちらの考えが優れているかは、証明できない問題である。突きつめれば、楽観主義《オプティミズム》と悲観主義《ペシミズム》のどちらをとるかは、当人の気質の問題に帰っていくのである）

　さて、カントの生活に目を戻してみれば、あいかわらず鉄の生活習慣を守りつづけていた（その執拗さはカサノバの女漁りや、ヘミングウェイの描いた大物狙いの漁師と甲乙つけ難い。もっともカントの場合には、まわりの人にあまり迷惑をかけなかった）。

カントが午後の三時半ちょうどに散歩をはじめると、ケーニヒスベルクの人たちはやはり時計を合わせていた。

ところで、「時間は客観的な現実と関係するのではなく、人間の主観的な心のうちにある」というカントの考えは、彼が東プロイセンに住んでいたことと関係があるかもしれない。

東プロイセンの南側と西側はポーランドに囲まれていたが、ポーランドは東プロイセンよりも標準時刻が一時間早かった。その東側にはロシアがあったが、こちらは暦の関係でかなりの日数、時間が遅れていた。東プロイセンの人々は西側の国境を二つ越えてドイツにまでいかなければ、同じ時刻を持つ人々に会うことはできなかったのである。時間は現実と関係がない、と思いたくもなろう。

カントの家はプリンツェシネン通り《シュトラーセ》にあった（この家は一八九三年にとり壊されてしま

う)。

ここで、カントの生活の面倒をみていたのは、老僕ランペであった。彼は始終不機嫌な顔をしていたと言う。が、カントのほうもランペと一緒のときは、気兼《きが》ねなく不機嫌な顔ができたらしい。

カントは何事もきちんと決まった手順を踏まなければ、気がすまなかった(カサノババやヘミングウェイのように……)。衣服を脱ぐのにも順序があって、ランペは毎晩決まった順序でカントの衣服を脱がさなければならなかった。また、カントはベッドに向かうときには、必ずナイトキャップをかぶっていた。しかも、夏には一つ。冬になり、近くのバルト海が辺り一面氷つき、寒さが厳しくなると、重ねて二つ。必ず、そう決まっていた。

家庭内に君臨すると同時に、細かなことに気をつかう主——カントもそのような存在だったのである。だから、ランペの精神の有様《ありよう》にもかなり気を配った。ランペに信ずるに足るものを与えたかった。そのために、『実践理性批判』で神を復活させた。

カントはそうまでいっている。

もっとも、ランペが十分理解したかどうかは定かではない。少なくとも、ランペの感謝の言葉は記録として残っていない。

ただし、ランペの胸の内を容易に想像できる事柄もある。

ストッキングをつりあげるカントのユニークな「哲学的」方法である。

ストッキングから糸が出ていて、ズボンのポケットを通り、二つの小さな箱のなかのバネへとつながる。

カントは（血行をよくするために）このような形でストッキングをとめていたとい

うのである。ランペの胸の内を察してあまりある、というものである。

（ストッキングの話はにわかには信じられない。が、多くの独立した証言が残されている。ある人によれば、カントの父が皮紐を作っていたことと関係があるそうだ。このことが心理学的に重要な事実かどうかに関しては、心理学者たちがあいもかわらず、かまびすしく議論している）

独立心旺盛で、創造的な精神の持ち主にはよくある話だが、カントも自分の健康に異常に気をつかっていたのである。病的なほどの注意を払いながら、体調を整えたのである。みごとな業《わざ》としか言いようがない。本人以外に、カントの体調の異変に気づく者はいなかった。今に知られているかぎり、体のねじれた華奢《きゃしゃ》なこの小男が病魔に冒されたことは、一度もない。死ぬときに具合を悪くしただけである。

カントは「健康に異常に気を配る病気《ヒポコンデリー》」にとり憑かれ、身体を絶えず系統的に管理していたのである。カントのこの気のつかい方をたとえて、「純粋かつ実践的肉体批判」と呼んでもよいほどだ。

たとえば、カントの習慣の一つに、息は必ず鼻から吸い込むというものがある。特に、寒い日の散歩の際には、格別の注意を払いながら鼻から息を吸い込んだようだ。

とすると、どういうことになるか？

秋、冬、春のあいだ、誰かが路上でカントに声をかけても、返事がもらえないことになる。風邪をひくといけないので、カントは口を開《あ》けないからである。

このような日常生活のなかから、三つの偉大な『批判』の書物が生まれたわけである。が、この三冊の作品を出版できたのは、幸運なことだった。

この時期、プロイセンの政治的空気は例外的に、かなり寛容なものだったのである。他のヨーロッパの国でなら、カントは出版できなかったのではないだろうか。カントはこのことを十分意識していたので、『純粋理性批判』をフリードリヒ大王の教育相ツェードリッツに捧げている。

おもしろみのない田舎町の教授にふさわしく、カントは表向きは国王に忠実だったのである。しかし、心のなかは違った。驚くほど革命的な志向をもっていた。

そして、フリードリヒ大王にまとわりつくフランスの哲学者には、軽蔑の眼差しを向けていた（とりわけカントが嫌ったのがラ・メトリー。『喘息と赤痢に関する理論および魂の起源についての哲学的考察』のような哲学的古典をものした人物で、時折「中国風の」ペンネーム「フン・ホー・ハン博士」という名で作品を著していた。彼は、ドイツの宮廷医たちに消化に関する事柄を証明しようとして、キジのパテを食べすぎて命を落とした、といわれている。どうみても、カント好みの人間ではなかった）。

フリードリヒ大王の政権下では寛容だったプロイセンも、一七八六年に大王が崩御し、フリードリヒ＝ヴィルヘルム二世が跡を継ぐと、様相が一変する。熱狂的な敬虔主義者のヴェルナーが教育相に任命され、カントと悶着《もんちゃく》を起こすのである。

カントは哲学を乱用して聖書を歪《ゆが》めた、というのである（ということは、教育省の誰かが八百ページにも及ぶ『純粋理性批判』と格闘し、神の存在証明がことごとく論破されているのに気づいた、ということになる）。

宗教に関しては一切の執筆活動と講義を慎《つつし》むように、カントは強要される。カントは国王に手紙を書き、命令にしたがうことを約束する。

ところが、一七九七年にフリードリヒ＝ヴィルヘルム二世がこの世を去ると、カントは約束から解放されたと解釈する。そこで気分を一新し、精力をみなぎらせ、宗教のテーマに帰っていく（嘘や約束に対するカントの考え方を思い起こしてもらいたい。厳格にみえた考え方も、実はかなり融通がきくものなのだ）。

このころ、カントはすでに齢《よわい》七〇を越え、肉体を過度に心配する病気は、いっそう酷《ひど》くなっていった。その道を究めたとすら、言えるかもしれない。

毎月、ケーニヒスベルクの警察長官に手紙を送り、最新の死亡統計を手に入れ、自分の余命を計算する。

便秘は頭の働きを鈍らすと考え、研究室向けの大きな戸棚に、膨大な数の下剤を並べる。

医学に関する雑誌を読み漁り、新しく発見された病気について調べ、自分がその病気に罹《かか》っていないかを心配する。

このような調子だった。

カントは実に稀《まれ》な存在だったのである。

考えてもらいたい。

「人生を傾けた仕事」と「趣味」——この二つの分野で同時に天才的な才能を発揮した人間がどれほどいるだろうか。

本当に数少ないのである。

カントはその一人だった。

体の手入れをするというカントの「趣味」——この行き過ぎを同僚がたしなめ

ようとしても、無駄だった。余計なお世話だ、という答えが返ってきたにすぎない。

カントは医学部の月並みな教授よりも、はるかによく病気のことを知っていたのである。

また、カントは他人の間違いを許せない男だったから、このトピックに関しても、誤ったことを聞かされるのをひどく嫌った。

カントを崇拝する人間すら、次のような言葉を残している。

「カントは長々と話をする人間を嫌った。そして、自分はカントよりも物事をよく知っているという人間に出会うと、カントはかなり苛立《いらだ》った。相手が矛盾したことをいっただけでも、気分を害したが、相手が誤った意見に固執したときには、ひどく憤慨した」

自分は他の人間よりも物事をよく知っている。カントはこう自覚していたのである。

カントは誇大妄想癖をもっていたのだろうか？

そうではない。

カントは本当に物事をよく知っていたのだ。そして、「真理は神聖不可侵なものだ」と考えていたのだ。

カントがいつも正しく、相手ばかり間違うとしても、それはカントの責任ではない。

事実、「カントは他人に自分の意見を強要することはしなかった」。ただ、「いつまでも意見の対立がつづくと、深い憤りと悲嘆につつまれた」だけなのだ。

カントのこのような態度に接しても、大学の教授たちなら、まだ我慢ができたであろう。一時《いっとき》つき合えばよかったのだから。

だが、従僕ランペはどうだろう？

ランペは一日中カントと接していなければならなかったのである。数十年のあいだ忠実に仕えたランペだったが、とうとう耐えられなくなり、酒に手を出すようになってしまった。

そして、そのために解雇されてしまった。

目を転じてみよう。

このあいだ家族とのつき合いはどうなっていただろうか？

あいかわらず家族との交流を拒んでいた。

なぜ妹たちと会わないのかという問いに対して、カントは答えている。

「知性のレベルが合わないからだ」
（だが、ニュートンの死後、ヨーロッパ中探しても、彼と知性のレベルが合う人間がいただろうか？）

家族と会うようにさらに強く迫られると、カントはこういった。

「彼らは愛すべき人間だ。でも、私との接点がない。彼らには教養がないのだ」
と。

もっとも、この言い訳は弟にはあてはまらないはずである。かなりの教養を積み、牧師という知的な職業に就《つ》いていたのだから。しかし、それでもカントは相手にしなかった。弟があくまでカントとの交流を求め、定期的に手紙を送ってみても、なしのつぶてだった。

あるとき、弟はこらえきれなくなって、カントに懇願した。

「離れ離れでいることには、もう耐えられません。私たちは兄弟ではないですか」

そんな弟の手紙にすら、カントは二年もかけてやっと返事を出すようなあり様だった。忙しすぎて手紙を書く暇がなかったというのである（数百ページにも及ぶ恐ろしく難解な哲学の本を書く暇はあったのだが……）。

六八歳のときにカントは弟に一通の返事を書いている。面会を求める二年半前の手紙に対する返事だ。

そのなかには、「残された短い人生のなかで、お前のことはつねに心にとめておくようにする」という言葉はあったものの、面会の約束を与える言葉はやはりなかった。

カントは年をとるにつれて、ますます孤独になり、しだいに厭世《えんせい》的になっていく。

ついには、次のように口走る。

「人生が重荷になってしまった。もううんざりだ。今晩、死の天使がやってきて、私をつれ去ろうとしたら、『ありがたいことだ！』というに違いない」

それでもカントは、寿命を延ばす「趣味」に没頭した。「趣味」をやめようなどとは、微塵《みじん》も考えなかったようだ。

自殺を考えるときもあったかもしれない。が、自殺を恐れていなくても、「自殺は道徳的に許されない」と考えていた。

こうして、カントはしだいに悪夢にさいなまれるようになる。夜ごと夢のなかで、追いはぎに囲まれ、殺し屋に狙われるようになる。

偏執症《パラノイア》の兆候だ！　間違いない。

カントは心を乱し、口走る。

「ほとんどの人間が他人を憎み、他人の上に立とうとする。妬《ねた》みと嫉妬、酷《ひど》い悪行ばかり横行する。人間は神ではない。人間は悪魔なのだ」

カントの結論はこうだ。

「人間が思っていることをすべて口に出し、すべて書きとめたとしたら、どうだろう？　地上で人間ほど恐ろしいものはない、ということがわかるだろう」

このような言葉からは、カントが自分自身をどうみていたか、ということがうかがえるのではないだろうか。偏屈ではあったが、おおむね咎《とが》めるべきところのない人生。その終わりに自分をどのようにみざるをえなかったかが……。

（ランぺのことにしても、カントに責任があったわけではない。ランぺはその気になれば、いつだって他に働き口を見い出せたのだ。また、妹たちに関しても、カントは彼女たちと会わなかったかもし

れないが、送金は怠《おこた》らなかった）

カントの持ち前の陽気さは影を潜《ひそ》め、様々な感情が堰《せき》を切ったように溢《あふ》れてきたのである。

どうみても、幸福ではなかった。それでも、カントは最後まで自分に忠実であろうとした。

不幸だってかまうものか。

こう言い切るのである。

この態度は彼の哲学と完全に一致する。

『実践理性批判』でカントはこういっているのである。

「知性の豊かな人たちですら、幸福を求めることこそ、普遍的な実践的法則である、といっている。これはまことに驚くべきことだ」

カントの考えでは、「道徳的であること」と「幸福であること」のあいだには、本質的なつながりは何もないのである。

有徳なおこないをすれば、満足感が得られるだろう。しかし、なぜ満足感が得られるのかが理解されていない。感覚的なものを一切含まないものを考えたとしても、快や不快の感覚が起こりうるのだが、このことの理由が理解されていないのである。実を言えばこの快は、感情から完全に身を引き離した精神の表現に他ならない。

カントはこのような趣旨の発言をするのである（確かに、感覚的なものからもっとも離れた数学者ですら、困難な問題を解決すれば快を感じるものである)。

このようなカントでも、通常の生活のなかに、自分を喜ばせてくれるものをたった一つだけもっていた。

鳥たちを眺めることである。

カントの隠れた悪習は「孤独を好む」ことであったが、鳥たちだけは特別な存在だったようだ。

春になるたびに鳥たちが帰ってくるのを、カントはじっと待っていたのである。

ある同僚によれば、「天がカントに恵んだ唯一の喜びとは、……庭でさえずる小鳥たちの声を毎年聞くことであった。カントの晩年は不幸だった。小鳥たちを待つことだけが、彼の楽しみだったのである。この唯一の友人がなかなか訪ねてきてくれないときには、『アペニン山脈はまだ寒いんだろうな』といっていた」

この点に関しても、シャルフシュタインが興味深い発言をしている。

「カントにとって、小鳥たちは自由と解放の象徴だった」と。

では、カントは何から解放されたいと望んでいたのだろうか？

まぎれもなく、「生まれつきの性質から」である。生来の気質がカントの人生を暴力的に支配していたのである。

だが、そうだとすれば、カントは「思考」から解放されようと望んでいた、ということになる。

何しろ、「思考」こそがカントの人生を支配したものなのだから。

カントは自分の人生を「思考」の奴隷にしてしまっていた。そして、「思考」

の力で、全世界を自分の体系のうちに縛りあげようとしていたのである……。

人生の最後の十年間は、巨大な哲学の構想に身を投ずる日々だった。残念ながら未完に終わったこの作品に、カントは『自然科学の形而上学的基礎から物理学への移行』という人目を引くタイトルをつけようとしていた。

しかし、悲しいことに、これは解読不可能な作品となってしまっている。以前の著作は難解であっても、理解できた。けれども、この作品は違った。

それでも、何人かの勇敢な専門家は、エベレストのように聳《そび》えるこのドイツ形而上学の最高峰に戦いを挑んだ。精神の錯乱を覚悟しての戦いだった。

だが、だめだった。

まともなコミュニケーションができず、息をつまらせて、ほうほうの体《てい》で帰ってきたにすぎない。

帰還者からの証言を集めたかぎりでは、どうやら自然科学のアプリオリな普遍的構造を提示するとともに、個別科学への適用を余すことなく詳細に述べようとした作品らしい。

帰還者は、「余すことなく、詳細に述べようとしている」と力を込めて繰り返している……。

カントの様相は哀れみを帯びたものとなってくる。偉大な才能も徐々に衰えていく。

健康を過度に心配する心気症《ヒポコンデリー》は、偏執症《パラノイア》に対する防衛機能のあらわれである——このようによくいわれる。しかしカントの場合、健康を心配する「趣味」へ没頭していても、しだいに偏執症《パラノイア》を抑え込むことができなくなっていく。

ついにカントは、脳に圧迫感を覚えるようになる。空中に漂う電波のようなものが原因ではないか。彼はこのように結論づけた。（当時コペンハーゲンとウィーンで流行したネコの病気もこの電波が原因であろう、とカントは想定している）

このような「電気的な力」への熱中は、精神分裂病と関連していることが多い。

しかし、カントは最後まで狂気に陥らなかった。様々な病的な症状も狂気のあらわれではなく、一生涯彼を固く縛りつづけてきたものが緩みはじめただけなのだろう。

だが、カントの衰弱は急ピッチだった。

カントに夕食に招かれた数少ない同僚や学生は、心ここにあらぬ老人をみて、悲しみのあまり言葉を失ったという。そんなカントを、新しく雇われた召使いがそっと部屋へつれていくのだった。

一八〇三年一〇月八日、カントは生まれてはじめての病気に罹《かか》る。好物の「イギリス・チーズ」を食べすぎたあとで、軽い脳卒中を起こしたのだ。

これを機に衰弱は加速の一途をたどる。

四カ月後の一八〇四年二月一二日、ついにカントはこの世を去る。

最後の言葉は「これでよし」というものだった。

遺体は街の大聖堂に埋葬された。

その墓石にはカントの言葉が刻み込まれている。

神へのカントの密かな敬愛の念が読みとれる言葉である。幼き少年の日々、心から愛する母との会話から生まれてきた言葉に違いない。

「思いをめぐらし考えを深める毎《ごと》、いや増して大きく、かつ絶えざる新たな賛嘆と畏敬の念で我が心を満たすもの、二つ。我が上なる星辰《せいしん》と我が内なる道徳律」

結び

Q：カントの『純粋理性批判』では何が問題になっているの？

A：形而上学だよ。

Q：形而上学って、いったい何？

A：そうだね。実は、誤解からはじまったものなんだよ。だけど、誤解だとわかるまでには、長い時間がかかったんだ。そのわかるまでのあいだ、哲学の一番重要なトピックだったものだよ。

Q：それじゃ、答えになっていないよ。ちゃんといってよ。形而上学って何のこと？

A：無意味なものさ。最近の哲学者はたいていそういっているよ。

Q：じゃ、もともとはどうなの？

創立27周年

WAVE出版

図書目録⓪
2014年10月
発行

www.wave-publishers.co.jp.
〒102-0074 東京都千代田区九段南4-7-15
TEL 03(3261)3713　FAX 03(3261)3823
振替00100－7－366376 E-mail:info@wave-publishers.co.jp

表示は本体価格です。
送料 300円

90分でわかるアリストテレス

ポール・ストラザーン 著／浅見昇吾 訳

人生のスーパーティーチャーの最たる人は哲学者。彼らの生涯をひもときながらどういった経緯で彼らの考えに行きついたのか解説。イギリスでベストセラーの「90分シリーズ」。 新書判上製●1000円＋税

一生に一度は考えたい33の選択

富増章成 著

物語仕立てでわかる哲学的思考。日常レベル～究極の設定まで、ビジネスマンの思考実験ストーリーをとおして約2500年前から受け継がれてきた「思考の土台」が身につく！　四六判ソフト●1400円＋税

宇宙をあるく

細川博昭 著

理科は苦手。でも宇宙は好き。そんなあなたに贈る。文系でもやさしくわかる、宇宙論。気になる宇宙の“いま”とそこで起こっていることがわかる。

四六判ソフト●1400円＋税

A：はじめはね、「形而上学《メタフィジックス》」という言葉は、アリストテレスの草稿の一つを指す言葉だったんだよ。アリストテレスの全集をつくるときに、自然学《フィジックス》のあとに《メタ》置いたものを「形而上学《メタフィジックス》」と呼んだんだ。つまり、「自然学のあとに」とか「自然学を越えて」とかいう意味だったんだよ。

Q：まだわからないな。「自然学を越える」って、どういうこと？

A：アリストテレスが扱っていたのは、「自然的なものを越え出た事柄に関する学問」だよ。

Q：それって何？

A：すべてを支配する第一原理を扱う学問だよ。自然世界、そして自然に関する僕たちの知識を支配する根本的な原理を扱うんだよ。別の言い方をしてみよう。形而上学《メタフィジックス》はね、僕たちが日常経験している世界を越え出るものを扱うんだ。

Q：でも、そんなものが本当に存在するの？　そんなものがあるなんて、どうしてわかるの？

A：そうだね、わからないよね。だから、最近の哲学者は、形而上学なんて誤解の産物だといっているんだ。

Q：カントはどうなの？

A：カントは新しい形而上学を打ち建てようとしたんだ。どうしてカントがそんなことをやろうとしたかというとね、実は、カントの前にヒュームという人がいて、最近の哲学者と同じような結論にたどり着いていたんだよ。つまり、形而上学を壊したんだよ。

Q：ヒュームという人はどうやって、形而上学を壊したの？

A：自分の経験から裏づけることができないものを、すべて疑ってみたんだよ。

すごい懐疑主義だよね。でも、こうやって疑ってみると、何世紀ものあいだ人間が信じてきたものが、崩れ去っていってしまうんだ。信じていたけれど、目でみたことも手で触れたこともないものって、いっぱいあるからね。

Q：たとえば、何？

A：神様だよ。

Q：でもさ、ヒュームがやったことって、そんなに大きな影響を与えていないんじゃないかな。だって、たいていの人は、あいかわらず神様を信じていたんでしょ？

A：そうだよ。だけど、みんなだんだんと気づいてきたんだよ。神様を信じているけど、別に神様を直接経験しているわけじゃない。神様がいることを理論的に証明したわけでもない。ただ、信じるぞと思って、信じているだけなんだって。

信仰の飛躍というやつだよ。

Q：やっぱり、ヒュームのやったことって、たいした影響を与えていないような気がするんだけど……。

A：そうでもないよ。大きな影響を与えているよ。特に、科学者や哲学者にはね。

Q：どうして？

A：ヒュームは、僕たちが直接経験できることしか認めなかったよね。でも、よく考えてみてよ。直接経験できないものって、たくさんあるよね。神様だけじゃないよね。科学者や哲学者が特に困ってしまったのはさ、ヒュームが因果関係という考え方まで否定しちゃったことなんだ。

Q：どうやって否定したの？

A：ヒュームはこんなふうに言うんだ。僕たちが経験から知るのは、ある事柄に引きつづいて別の事柄があらわれてくることだけだ。一つの事柄がもう一つの事柄の「原因になっている」ことなど、経験からはわからない。経験を超える事柄について語らずに、経験される事柄だけを見てみたまえ。一つのものが別のものの「原因になっている」とか、一つのものが別のものを「引き起こしている」ということなど、一度だって経験されたことはないはずだ。一つの事柄に引きつづいて別の事柄があらわれることしか、経験されないはずだ。こう言うんだよ。

Q：それで？

A：これは大変なことなんだよ。科学的知識の根幹にかかわる問題なんだ。ヒュームの考え方からすると、因果関係を用いて、因果関係のうえに築かれた科学は、形而上学的なものだということになる。つまり、それが正しいか間違っているかを、確かめることができないものになってしまう。確かめることができることこそ、僕たちの知識の基礎にならなければいけないはずなのにね……。哲学に関しても、科学についてと同じことがあてはまるよね。ヒュームの考え方に即して言えば、哲学に出てくる命題なんて、ほとんど証明できないものになってしまう。なかには直接的に経験できるものもあるけどね……。

Q：直接に経験できる命題って、どんなもの？

A：たとえば、「このリンゴは青い」というものだよ。

Q：それじゃ、哲学なんて、あってもなくても同じじゃないかな？

A：その通りさ。これがカントが直面した問題なんだよ。カントはこの難しい問題を、独特の哲学を築くことで克服しようとしたんだ。

Q：どうやって？

A：ヒュームの徹底的な懐疑主義を前にしても、ある種の形而上学を築くことが可能だ、ということを示そうとしたんだ。人間の知識を可能にするもの、論理的に必然的で普遍的な知の形式——それを基礎づけるのが形而上学だ。こう言うんだ。これなら、ヒュームの懐疑主義に耐えぬける、と言うんだ。『純粋理性批判』という本で、カントはこういう形而上学を築こうとしたんだ。

Q：だとすると、カントの形而上学というのは、一種の究極の学問を打ち建てようとすることなの？　人間の知識は確実なものだ、と保証してくれる学問を……。

A：その通りさ。

Q：でも、カントはどういうふうに問題にとり組んだの？

A：カントが提唱したものは「批判哲学」と呼ばれるものなんだ。これは人間の知識の基礎を探るものなんだよ。カントによると、人間が知識を獲得する場合には、必ずある種の判断が形成されているんだ。知識に絶対に必要なこの判断を「アプリオリな綜合的判断」と呼んだんだ。「綜合的判断」というのは「分析的判断」に対立するもので、述語として描かれる事柄が主語のなかに含まれていない判断のことなんだ。例を挙げてみよう。「ボールは丸い」という命題があったとしよう。これは分析的判断なんだ。「丸い」という概念は、「ボール」という主語のなかにあらかじめ含まれているよね。そういうものを分析的判断と呼ぶんだ。では、「ボールが輝いている」という判断はどうかな。これは綜合的判断なんだ。「ボール」という主語に含まれていない事柄が、「ボール」に対してつけ加えられているよね。そういうものを綜合的判断と呼ぶんだ。ちなみに、経験的な判断はみな綜合的判断なんだ。

次に、「アプリオリ」ということでカントが言おうとしたことを説明してみよう。カントは必然的で普遍的な判断のことをアプリオリな判断といったんだ。このような判断は経験にかかわりなく、あらゆる経験に先立って《プリオ》正しい判断になるよね。だから、理性の活動だけで形成される判断ということになるんだ。経験的な判断とは違うというわけだよ。経験的な判断のことを考えてごらん。みな、偶然的で個別的な判断だよね。だから、経験的な判断は必然的でもないし、ある特定の事例にしかあてはまらないよね。たとえば、「この馬はダービーで勝利した」とか「あの馬は茶色い」とかがそうだよね。アプリオリな判断はこういうものではなく、必然的で普遍的なものなんだ。

アプリオリな綜合的判断は普遍的に正しいということは、どういうことか？わかるかい。分析的判断と同じような力と説得力をもっている、ということなんだよ。綜合的判断であるにもかかわらずね。それだけじゃないよ。アプリオリな綜合的判断は経験に先立つものでありながら、経験と合致しなければならないんだ。絶対に正しいものなんだからね。経験に対してあてはまらなければならないことになるよね。

だから、カントの基本的な問いかけは、「アプリオリな綜合的命題はいかにして可能か?」というものなんだ。カントはこの問いを数学、自然学、形而上学のそれぞれに関して、順次吟味していくんだ。

まず、数学だけど、カントによれば、数学は空間と時間を扱うものなんだ。一見したところでは、そうは見えないけど、空間も時間も本当はアプリオリなものだ。カントはそういっているんだ。空間と時間は経験から抽出されるようなものではなくて、僕たちの経験を可能にする条件だというんだよ。アプリオリで必然的な条件だとね。空間や時間は「感性の形式」であって、これがなければ僕たちは何も経験することができない。こういうんだよ。

その次に問題となるのは、自然学だ。カントは、自然学の命題はアプリオリな判断だといっているんだ。こうした命題は経験的判断を秩序づけるもの（だから綜合的）なんだけれど、経験に先立ついろいろな概念を使うもの（だからアプリオリ）なんだよ。こうした概念は「悟性のカテゴリー」と呼ばれるんだけれど、数学の場合の時間と空間と同じような存在なんだ。つまり「カテゴリー」は、僕たちの知識のフレームワーク。なくてはならないフレームワークのようなものなんだ。この「カテゴリー」は四つの項目に分かれていて、質、量、（因果関係を含む）関係、（現実的存在や非存在といった）様態というふうになっているんだ。これらは僕たちの経験から抽出されたものではなくて、これがないことには僕たちの経験が成り立たないものなんだ。

最後に形而上学なんだけど、数学や自然学と反対のことが言えるよね。「形而上学は経験とは関係がない」というふうにね。だって、「形而上学《メタフィジックス》」っていうぐらいなんだから、経験や自然《フィジックス》を越《メタ》えているに決まっているもの。ここからどういう結論が出てくるか、わかるかい。質や量などの「カテゴリー」は形而上学の対象に用いることはできない。「カテゴリー」は僕たちの「経験」のフレームワークだからね。経験を超えたものにあてはめることなんてできないんだよ。だから、形而上学はアプリオリな綜合的命題の領域には属さないことになるんだ。つまり、科学としての基盤や資格も失ってしまう、ということさ。

そうすると、どういうことになるかな？　神様のような形而上学的な概念に関して、僕たちは科学的な（あるいは検証可能な）事柄を語ることはできないことになるんだよ。僕たちがどのような「カテゴリー」を使おうとしてみても、所詮《しょせん》それらは経験の領域にしか使えないものだからね。だから、神様が「存在」するとか、「存在」しないとか語ることは、「カテゴリー」を間違った形で使っていることになるんだよ。

さて、こんなふうに言うと、まるでカントが形而上学を破壊したという話に聞こえるかもしれないね。だけど、カントはちゃんと独自の形而上学を打ちたてているのさ。カントの形而上学の定義から判断すると、「われわれの感性の形式」（空間と時間）も「われわれの悟性のカテゴリー」（現実存在、必然性等々）も形而上学的なものになるはずなんだ。絶対に。

考えてみよう。

僕たちは空間や現実存在などを、「僕たちの外にあるもの」、「経験的な自然の事物のなかにあるもの」として考えるけれど、カントは違っていたね。ということは、形而上学を否定するためにカントが使った議論——これをそのまま「空間」や「現実存在」などに適用してみることができるはずだよ。空間や現実存在などは、僕たちの外にないものだから、経験的に与えられないよね。だから、形而上学的なものになるはずだよね。そもそも、空間や現実存在などに関するカントの主張は、分析的なものではないし、自然科学的なものでもないよね。通常の論理学の意味で論理的に必然的なものでもないよね。やはり、形而上学的なものになってしまうよ。

じゃあ、今度は逆に、空間や現実存在が「僕たちの外にある」経験的なものだとしよう。すると、どうなるか？　アプリオリなものではなくなってしまうよね。でも、そうするとカントの狙いから大きく外れてしまうよね。

ところで、カントは『純粋理性批判』のあとに、『実践理性批判』というものを出版したんだけれど、ここでは道徳に対してアプリオリな体系を築こうとしているんだ。でも、今回はアプリオリな綜合的判断のようなものがあるかどうかを問うんではないんだ。アプリオリに僕たちの意志を支配する規則《ルール》、つまり（アプリオリであることで）普遍的なものであるはずの規則《ルール》――こういうものがあるかどうかを調べるんだ。カントは『純粋理性批判』では「カテゴリー」を見つけだしたよね。『実践理性批判』では、「定言命法」といわれるものを探りだすんだよ。これは、実際の道徳的な経験の一部を形成するようなものではないんだ。道徳的な経験に必要不可欠なフレームワーク、アプリオリなフレームワークのようなものなんだ。カントは「定言命法」をこんなふうに表現しているよ。「普遍的な法則になることを君が望むような原理――それにのっとって、行動しなさい」とね。

この命令は「カテゴリー」と同じで、まったく形式的なものなんだ。「カテゴリー」自体は経験的なものではないし、経験的な内容をもっていなかったよね。「定言命法」のほうも、それ自体としては道徳的な内容をもっていないんだ。

こういう「定言命法」のことをどう思うかい？　素晴らしいものに見えるんじゃないかな。そう、確かに素晴らしいものかもしれない。でも、あまりに幅広い範囲の道徳を正当化してしまうんだ。お互いに矛盾する道徳を両方とも正当化してしまうんだ。たとえば、平和と愛を求めるヒッピーの道徳も、サディズム＝マゾヒズムの道徳も正当化できちゃようね。これじゃ、困るよね。

他にも疑問はあるよ。「定言命法」は合理的なものかもしれないけれど、論理的な枠組み《フレームワーク》以外のことを一切考慮していないよね。だから、これを人間全員にあてはめようとするなら、すべての人間が僕たちと同じ気質をもった存在だと想定しなければいけないよね。でも、考えてみてよ。そんなこと言えるかな。僕たちの心理というのは、いつも論理的で合理的なわけではないよね。それに僕たちは、他の人間が全員僕たちと同じ気質をもっていることを望むかい？　独裁者にでもならなければ、望むわけないよね。僕たちが独裁者のように考え、独裁者のようにふる舞わないかぎり、「定言命法」のようなものを適用することはできないんじゃないかな。

確かに、僕たちはある種の普遍的な原理に賛成するかもしれない。しかし、このような原理で僕たちの道徳的な行動をすべて覆《おお》うことができるわけではないよね。もっと細かな場面を見ることだって必要になってくるよね。人間全員ではなく、特定の人間や特定のケースにだけあてはまるような道徳的基準だって必要になってくるはずだよね。たとえば、僕は人肉を食べる習慣《カニバリズム》をもっていない。しかも、「人間を食べることは悪いことだ」という原理に賛成している。でも、たとえ僕が殺人に反対だとしても、「人質をとってたてこもる殺人犯を警察官が絶対に殺害しないこと」を望むわけではない。

以上が僕の定言命法に対する批判だ。でも、僕に対する反論が出てくるかもしれない。

定言命法を具体化しようとする試みや批判など、的外れだ。定言命法はあくまで道徳的規範のフレームワークにすぎない。それに、道徳的行動ということで、われわれが意味したいのは普遍的なものだけなのだ。

こういった反論だ。

でも、普遍的なフレームワークという形式的なものへと縮小化されたら、定言命法はまったく空虚なものになってしまうんじゃないかな。だって、「他人すべてにそうふる舞ってもらいたいと思うような行動――そういう行動を僕たちはとらなければならない」。ただ、それだけしかいっていないんだから。

カントの言葉

『純粋理性批判』の冒頭の文章をごらんにいれよう。ここで、カントは自分の哲学の基礎を据える準備にとりかかっている。読んで頂ければおわかりになるだろうが、カントはここで自分の哲学の世界へ読者をいきなり引きずり込もうとしている。

　この箇所を何とか乗り越えてもらいたい。そうすれば、急速度で高みに飛翔していく精神の息吹を感じとることができよう。

「われわれの認識はすべて経験とともにはじまる。これは疑いようがないことである。なぜか？　われわれの認識能力を呼び覚ますものは、われわれの感覚を触発する対象以外には考えられないからである。このような対象は一面では、感覚を触発して、様々な表象《イメージ》を自動的に作りだす。他面では、われわれの悟性をつき動かし、様々な表象《イメージ》の比較・結合・分離へと駆り立てる。こうして感覚的印象という原料が加工され、対象の認識へと到達するわけだが、この認識こそ経験と呼ばれているものにほかならない。ということは、時間的に見れば、われわれのうちに生じるいかなる認識も経験に先行することはない。つまり、すべての認識は経験と共にはじまるのである」

――『純粋理性批判』緒言I

カントは議論をつづける。

「しかし、すべての認識が経験とともにはじまるからといって、認識にまつわるすべてが、経験に由来するわけではない。というのは、おそらくは、われわれの経験的認識すら合成的なものであって、感覚的印象を通じてわれわれが受動的に受けとる材料以外に、われわれの認識能力が能動的につけ加えるものが存在するだろうからである（感覚的印象は、われわれの認識能力が活動するための誘因となるにすぎないというわけだ）。だが、感覚的印象という材料から後者の付加物を切り離すことは容易なことではない。長い修練を積み、二つのものの違いに気づき、その相違と分離に熟達しなければ、そのようなことはできないのである」

――『純粋理性批判』緒言I

さらに、カントは主張する。

「経験に関わりのない認識、それどころか一切の感覚的印象に関わりのない認識――そのようなものが本当に存在するのだろうか？ ……さて、そのような認識はアプリオリな認識と呼ばれ、アポステリオリな認識、つまり経験的な源泉を持つ認識から区別されている。だが、アプリオリという言葉には曖昧なところが残っていて、前述の問いでいわんとしていることを完全には表現し切れていない。なぜかと言えば、経験的な源泉から生じる認識であっても、それをアプリオリに認識できる――こういう主張が頻繁になされるからである。経験から直接に認識を得たのではなく、一般的原則から認識を引きだした、というのである。とはいえ、実を言えば、この一般的原則といわれるもの自体は経験から抽出されたものにすぎない場合が多い。例を挙げよう。家の土台を掘り崩した人を評して、その人は家が倒れることをアプリオリに知っていた、ということがある。実際に家が倒れるのを待つまでもなく、家が倒れることを知っていた、と言うのである。しかしながら、その人がすべてをアプリオリに知っていたはずはない。なぜなら、物体には重さがあり、支えがとり除かれれば下に落ちるということ――少なくともこのことはあらかじめ経験から知っていなければならないからである」

――『純粋理性批判』緒言I

カントの説明はつづく。

「そこで、これから先アプリオリな認識と言うときには、『何か個別的な経験にかかわりのない認識』ではなく、『一切の認識にかかわりのない認識』のことを理解することにする。このアプリオリな認識に対立するのが、経験的認識である。つまり、もっぱらアポステリオリにのみ生じうるような認識、換言すればもっぱら経験を通じて生じる認識である。そして、アプリオリな認識のうちで、経験的な事柄を一切含まないものを『純粋な』認識と言う。たとえば、『すべての変化はその原因を持つ』という命題をみてみよう。この命題はアプリオリな命題ではあるが、純粋なものではない。なぜなら、『変化』という概念は、経験から引きださざるをえないからである」

――『純粋理性批判』緒言Ⅰ

議論は進み、カントの策略はいよいよ深まる。目を凝らして読んで頂きたい。人類史上屈指の天才――その独創的な思考の歩みを堪能できる稀《まれ》な機会《チャンス》である。見逃す手はない。ただし、このような高みへ容易に飛翔できるなどと思わないで頂きたい。そのようなことが可能なら、練習や訓練など一切必要なくなる。

「ここで必要なのは、純粋な認識と経験的認識を区別する目印《クライテリオン》である。ところで、経験は『ある物事がしかじかである』とは教える。しかし、『その物事がそれ以外ではありえない』ということは教えない。それだから、まず第一に、ある命題があって、それが必然性をともなわずには考えられないようなものなら、それはアプリオリな判断と言えよう。さらに、この命題が別の必然的な命題から導出されたものでなければ、それは絶対的にアプリオリな判断である。第二に、経験はある判断に本当の普遍性や厳密な普遍性を与えない。経験は、（帰納を通じて）思い込まれただけの普遍性や相対的普遍性を教えるにすぎない。だから、経験から得られる普遍性は、『われわれがこれまで見聞したかぎりでは、規則に対する例外は見つからなかった』ことをいっているにすぎないのだ。ということは逆に翻《ひるがえ》って考えてみれば、ある判断が厳密な普遍性を持つと考えられるなら、つまり例外など不可能だと考えられるなら、それは経験から導出された判断ではなく、絶対的にアプリオリに妥当する判断だということになる。つまり、経験的な普遍性なるものの正体を明かすなら、『多くの場合に妥当するものをすべての場合に妥当するものへと勝手に格上げしたもの』にすぎないのである。『物体はすべて重さを持つ』などの命題が、そのような命題の例である。けれども逆に、ある判断に厳密な普遍性が本質的に帰属する場合、その判断は認識能力の特殊な源泉から生じたということになる。すなわち、その判断はアプリオリな認識の能力から生じたのであり、そのために厳密な普遍性が生じたということになる。したがって、必然性と厳密な普遍性は、アプリオリな認識を識別する目印《クライテリオン》だということになる。そして、必然性と厳密な普遍性という二つの性質は、わかちがたく結びついていることになる。とはいえ、この二つの目印を用いる場合、一方の目印を用いるより他方の目印を用いるほうが容易なときが多い。たとえば、判断の偶然性を示すよりも、『判断が経験的に制限されている』ことを示すほうが容易なことがある。あるいは、判断の必然性を示すよりも、『われわれが判断に絶対的な普遍性を付与すること』を示すほうが容易なことが少なくない。だから、時に応じて二つの目印のどちらか一方を使うのが賢明な道である。何しろ、どちらか一方だけでも、アプリオリな認識の識別に関して、過《あやま》つことはないのだから」

カントは議論をさらに深めていく。

「このような必然的で、厳密な意味で普遍的な、それゆえ純粋でアプリオリな認識は人間の認識のうちに実際に存在する。このことを示すのは、容易である。科学のなかにそのような認識の例を求めるなら、任意の数学の命題を一つとってくればよい。もしもごく常識的な場面に、そのような例を求めるなら、たとえば『変化はすべて原因を持たなければならない』という命題を挙げればよい。なぜなら、この原因の概念は『結果と必然的に結びつくこと』をまぎれもなく含んで

——『純粋理性批判』緒言II

いるし、『規則が厳密に普遍的に妥当すること』をまぎれもなく含んでいるからである。ヒュームのように、ある事柄にある事柄が頻繁に随伴することから、つまり二つの事柄のイメージを習慣的に結びつけること（したがって単なる主観的な必然性）から、原因の概念を引きだそうとしたら、原因の概念などまったく成り立たないのだ。けれども、別に具体例に頼る必要もないと思われる。『アプリオリな純粋原則がわれわれの認識のうちに実際に存在しなければ、経験というものがそもそも生じえない』ことを証明できると思われるのである。つまり、アプリオリな証明が可能だと思われるのである。なぜなら、経験のなかの規則がすべて経験的で、それゆえ偶然的なものだとしたら、経験の確実性をどこに求めたらよいというのだろう？　偶然的な原則に、確実性の拠り所となる第一原理の地位を与えることはできないのだ。とはいえ、ここでは、われわれの認識能力の純粋な活動を事実として提示し、純粋な活動の目印《クライテリオン》を確認しておけば十分であろう。ただし、判断のみならず、概念においてさえ、アプリオリな起源を持つものがある。試しに、君たちのもっている物体の概念から、経験的なものを徐々にとり去ってみたまえ。色、固さや軟らかさ、重さ、さらにはいわゆる不可入性までとり去ってみたまえ。それでも、物体が占めていた空間は残る。物体そのものは消し去ることができても、物体が占めていた空間を消し去ることはできないのである。同じように、物体的なものであっても非物体的なものであってもかまわないから、ともかくある対象について君たちがもっている経験的概念から、経験が君たちに教える性質をすべてとり去ってみたまえ。それでも、やはり残るものがあるのである。君たちにその対象を実体として考えさせる性質、あるいは実体に付属するものとして考えさせる性質——これが残るのである（もっとも実体の概念は、対象一般という概念より多くの限定をもっているが……）。ということは、実体という概念は君たちに一種の必然性を突きつけてくることになる。そして君たちはこの必然性に圧倒されて、こう認めざるをえないことになる。実体の概念は認識能力のうちで、アプリオリな地位を占めるものだ、と……」

――『純粋理性批判』緒言II

カントの哲学で、時間とはどういうものか。そのことが説明される。

「時間は客観的に存在するものではない。時間は実体でもないし、実体に偶然的に属する性質でもない。さらに、時間は何かの関係のようなものでもない。時間は、（認識を生みだす）純粋に主観的な条件《コンディション》である。ただし、主観的といっても、必然的なものである。つまり、人間の精神の本性が必然的に要求するものであり、一定の法則によって一切の感覚的なものを整えるものなのである。そして、時間とは（経験を可能にする）純粋な直観（ものの見方）なのである。と言うのは、実体やそこに属する性質を秩序づける際には、同時性や連続的継起という枠組みを用いるからである。つまり、時間の概念を用いるしかないからである」

——『感性界と英知界の形式と原理』第3章第14節

カントは様々な種類の幸福を挙げる。

「人間は欲望が満たされた場合にのみ、自分を幸福だと思うものである。この感情は格別の才能がない人にも、大きな満足を味わわせてくれるものであって、やはり注目に値する。恰幅のよい御仁を考えてみよう。自分の料理人《コック》をこよなく愛し、選び抜いた嗜好品を地下室《セラー》に並べておくような御仁だ。彼らは下品なわい談や粗野なジョークに生き生きとした喜びを感じる。高貴な魂の持ち主は高貴な事柄に喜びを感じるのだが、喜びの大きさに関して言えば、恰幅のよい御仁も高貴な魂の持ち主も相違がない。無精な人間を考えてみよう。よく眠れるからという理由で、人に本を読んでもらうような人間だ。あるいは、商人を考えてみよう。抜け目のない商売で得た利益を計算するときにだけ、喜びを感じるような人間だ。ふしだらな人間を考えてみよう。享楽に耽《ふけ》ることができる場合にだけ、異性を愛するような人間だ。狩猟の愛好家を考えてみよう。ドミィアヌスのように蝿を追うにせよ、A氏のように野獣を追うにせよ、ともかく狩猟を愛する人間だ。――これらすべての人間がそれぞれ独自なやり方で満足感を堪能していることは間違いない。しかも、他人を羨むことなどしない。あるいは、他の人間の欲望と満足を理解することができないのである。しかし思慮を欠いても起こりうるこのような感情を、これ以降、無視することにする」

――『美と崇高の感情に関する考察』第1章

カントの議論はつづく。

「ここで考察しようと思う高雅な感情は、主として二つのものである。崇高の感情と美の感情である。どちらもわれわれに喜びを与えてくれるが、その与え方は異なっている。雪に覆《おお》われた頂きが雲のうえに聳《そび》える山の光景、荒れ狂う嵐の描写、ミルトンの地獄の描写——これらは喜びを与えてくれるが、そこには戦慄感が伴う。それに反して、花の咲き誇る草原の光景、蛇行して流れる小川と草を食《は》む家畜の群に覆《おお》われた谷の光景、至福の園《エリジウム》の描写、ホメロスの手によるヴィーナスの飾り帯の描写——これらもわれわれに喜びを与えてくれるものであるが、それは快活で微笑ましい喜びである。前者の感情を適切に感じとるためには、崇高の感情が必要であり、後者を適切に感じとるためには、美の感情が必要である」

——『美と崇高の感情に関する考察』第1章

めずらしいものをごらんにいれよう。カントの詩である。一七八二年、カントの両親の結婚式を執りおこなった牧師リーリエンタールが死去した折に、ものされた。

「深き闇に覆われし死後のこと
確かなるものはただ一つ
われわれの義務」

次の文章を見れば、カントの地理学の講義がケーニヒスベルクの市民たちに人気があった理由がわかる。一九世紀にベルリン哲学会の会員だったイギリス人、J・H・スターリングが公刊したものである。

「（地理学の講義のなかで）カントは、自分の耳に届いたきわめて興味深い事実を開陳せずにはいられなかった。……黒人は臍《へそ》にリングをつけ、白い肌で生まれてくる。トキはエジプトを離れた瞬間に、死んでしまう。ライオンは高貴な動物で、絶対に女性を手にかけようとしない。……喜望峰の水は清らかで、ヨーロッパに届いたときでも、甘い味がする。サイの角で作られたカップは、何か毒が入ると、破裂する。……カナリヤ諸島には、土のなかでも水のなかでも絶対に枯れることのない生命の木がある。イタリアには、書物が読めるほどの強い光を発する貝がある。ラングドック地方では、卵を孵化《ふか》させる温泉がある。……アフリカのガンビアでは、野獣は黒人だけを食べ、ヨーロッパ人は放っておく。アメリカの黒人は犬の肉が大好きで、犬はみな黒人を見ると激しく吠えたてる」

スターリングによれば、カントはこれらを「大まじめに語った」そうだ。

哲学史重要年表

紀元前六世紀……ミレトスのタレスが西洋哲学史の幕を開く。

紀元前六世紀の終わりごろ……ピュタゴラスの死。

紀元前三九九年……アテナイでソクラテスが死刑を宣告される。

紀元前三八七年……プラトンがアテナイに世界最初の大学アカデメイアを設立する。

紀元前三三五年……アリストテレスがアテナイに、アカデメイアのライバル校リュケイオンを開校する。

三二四年……皇帝コンスタンティヌスがローマ帝国の首都をビザンティウムに移す。

四〇〇年……聖アウグスティヌスが『告白』を書き、哲学をキリスト教神学に組み入れる。

四一〇年……西ゴート族がローマを略奪する。

五二九年……皇帝ユスティニアヌスがアテナイのアカデメイアを閉鎖する。ギリシア・ローマ時代が終焉し、暗黒の時代がはじまる。

一三世紀中葉……トマス・アクィナスがアリストテレスの著作の注釈をものす。スコラ哲学が栄える。

一四五三年……ビザンティウムがトルコの前に陥落し、東ローマ帝国が滅亡する。

一四九二年……コロンブスがアメリカに到達する。フィレンツェでルネサンス文化が花開き、ギリシア文化への興味がわきあがる。

一五四三年……コペルニクスが『天球の回転について』を公刊し、数学的に地動説を証明する。

一六三三年……教会の圧力でガリレオが地動説を撤回する。

一六四一年……デカルトが『省察』を著し、近代哲学の幕が切って落とされる。

一六七七年……スピノザが世を去り、『エチカ』が公刊される。

一六八七年……ニュートンが『プリンキピア』を出版し、引力の概念を導きいれる。

一六八九年……ロックが『人間悟性論』を著し、経験論の礎《いしずえ》を築く。

一七一〇年……バークリーが『人知原理論』を発表して、経験論を一つの極論までおし進める。

一七一六年……ライプニッツが没する。

一七三九年―四〇年……ヒュームが『人性論』を世に問い、経験論の論理的な結論を導きだす。

一七八一年……カントがヒュームによって「独断のまどろみ」から覚まされ、『純粋理性批判』を刊行する。このことで、ドイツ観念論の時代がはじまる。

一八〇七年……ヘーゲルが『精神現象学』を公刊する。ドイツ観念論の絶頂期となる。

一八一八年……ショーペンハウアーが『意志と表象としての世界』を発刊し、ドイツ哲学にインド哲学の要素を組み入れる。

一八八九年……「神は死んだ」と宣言したあと、ニーチェがトリノで狂気に陥る。

一九二一年……ヴィトゲンシュタインが『論理哲学論考』を発表し、

「哲学的問題に最終的解決を与えた」と主張する。

一九二〇年代……ウィーン学団が論理実証主義を提案する。

一九二七年……ハイデガーが『存在と時間』を出版し、分析哲学の大陸哲学に目を向ける。

一九四三年……サルトルが『存在と無』を著し、ハイデガーの思想をおし進め、実存主義を煽動《せんどう》する。

一九五三年……死後二年して、ヴィトゲンシュタインの『哲学探究』が公刊される。言語分析が隆盛をきわめる。

訳者あとがき

カントと言えば、その思想の難解さがつとに有名である。『純粋理性批判』など、哲学史上きわ立って難解な書物をものしている。

この難解なカント哲学を、著者ポール・ストラザーンは鮮やかな切り口で、わかりやすく描きだしている。難しい術語《ターミノロジー》を羅列することなく、卓抜な比喩で読者をカント哲学へ誘《いざな》う。カント哲学を説明するその大胆さは、他に類をみないものではないだろうか。本書をひもとけば、あの難解なカント哲学を身近なものに感じられるに違いない。

では、カントの難解な哲学は何を目指していたのだろうか？ストラザーンが繰り返し主張しているように「哲学の再興」「形而上学の復興」である。

だが、それだけではない。カントが近代の自然科学を基礎づけようとしていたことを忘れてはならない。カントの生きた時代は、科学が伝統的な世界観を壊していた時代であった。カントはこの新たな科学を認める一方で、伝統的なモラルを守りたかったのである。

とすれば、カントの哲学を形而上学への回帰と呼ぶことは適切ではない。「カントは新たな科学的知識と伝統的なモラルをともに救おうとした」。こういわなければならない。言いかえれば、カントが探し求めていたのは、「科学と折り合えるモラル」なのである。

しかし、そのモラルは厳格なものであった。カントは「義務」というものの崇高さをうたっているのである。だが、「義務」といっても、上から押しつけられる義務ではない。一人ひとりの心に潜《ひそ》む「義務の声」なのである。

カントにとっては、この「義務の声」にしたがうことこそ、「人間の尊厳」を生みだすことであった。そして、それが「人間の本当の自由」だというのである。

ということは、科学が幅をきかす時代において、人間の尊厳を保つためにはどうしたらよいのか？「欲望の赴《おもむ》くままに生きる」という動物レベルの低俗な自由ではなく、「人間を人間たらしめる本当の自由」とは何か？　――カントはこのことを説いていたことになる。

カントの指し示す道は、厳しいものかもしれない。けれども、ゲーテが言うように「日々自由を勝ちとらねばならぬ者だけが、自由を享くるに値する」のである。精神が荒廃したといわれる今の時代において、カントの思想は「進むべき一つの道筋」を示していると言えないだろうか。

ところで読者には、カントの思想だけでなく、カントという人間自体にも目を向けてほしい。

多くの人がカントを「思索するロボット」のようにみなしている。哲学に没頭するだけで、人間らしさが感じられない、というのである。なるほど、カントにそのような面があったことは否定し難い。が、彼の心の底には熱い感情が眠っていたのである。熱い感情を堅い殻に閉じ込めていたにすぎないのである。

著者ポール・ストラザーンは精神分析の手法を織り混ぜながら、カントのこの人間味溢れる側面をみごとに描きだしている。

本書を手にとって、カントの強靭な思想だけでなく、滑稽でもあるし物悲しくもあるカントの人生をとくと味わって頂きたい。

さて、「九〇分でわかる哲学者」シリーズはすでに複数公刊されている。登場している哲学者は、そうそうたるメンバーばかりだ。

これらの哲学者に対するストラザーンの議論は、いずれも切れ味の鋭いものだった。早いテンポで畳みかけるように議論を繰り広げ、それぞれの哲学者に対する思い込みに引きずられずに、それぞれの思想の功罪をみごとに描きだしている。

素晴らしい入門書である。

これまでの入門書と比べてみてほしい。当り障りのない皮相な紹介ではない。特定の思想家への強い思い込みに引きずられ、読む人の息をつまらせるものでもない。

ポール・ストラザーンのシリーズは高いレベルを保ちながら、読者の興味を最後まで引きつづけるのである。実に、稀な作品群と言えるのではないだろうか。できれば読者には、この興味深いシリーズの複数の作品に目を通して頂きたい。

一人ひとりの哲学者の生涯も興味深いが、幾人かの人生を比較することでおもしろさは倍増するであろう。哲学者に対する固定的なイメージが崩され、様々な人間がいることがわかるに違いない。ひたすら世間から隠れていようとした人間もいれば、激しい性格で騒動ばかり起こす人間もいる。狂気の炎のなかでひたすら名声を求めた者もいれば、感情を堅い殻に閉じ込めたまま、最後まで狂気に陥らなかった者もいる。実に様々なのだ。ぜひ何人かの哲学者を比較して頂きたい。

最後に、もう一つお願いをしたい。それぞれの哲学者が普通の人間と同じような悩みをもっていたことに、注意を向けてもらいたい。

偉大な哲学者たちも、普通の人間と同じような悩みや挫折のなかから、「生きるための手がかり」を探りだしていったのである。

多くの哲学者の生涯に目を通せば、読者は一人ぐらい共感できる人物を見いだすことができるのではないだろうか。そのような哲学者を見いだしたら、その人と一緒に悩み、その人と一緒に「生きるための手がかり」をみつけて頂きたい。哲学は学者たちだけのものではない。真剣に生きようとする人間たちのものなのである。

二〇一四年一二月　　浅見昇吾

ノルウェー王国
ロシア帝国
ストックホルム
リガ
スウェーデン王国
コペンハーゲン
ケーニヒスベルク
ダンチヒ
ポーランド王国
プロイセン王国
オランダ
ベルリン
ワルシャワ
ブリュッセル
プラハ
ウィーン
ミュンヘン
ブタペスト
ハンガリー王国
スイス
ヴェニス共和国
トリノ
ヴェニス
ジェノア
フィレンツェ
サルディニア王国
ジェノア共和国
トスカナ大公国
教皇領
モンテネグロ
イスタンブール
ローマ
ナポリ
オスマン帝国
ナポリ王国
18世紀後半のヨーロッパ

スコットランド
アムステルダム
大ブリテン王国
ロンドン
パリ
ヴェルサイユ
フランス王国
ジュネーヴ
スペイン王国

著者プロフィール

ポール・ストラザーン
Paul Strathern

ロンドンに生まれる。ダブリンのトリニティ・カレッジで
物理学・化学を学んだあと哲学に転向。
作家としてのキャリアも長く、小説、歴史書、旅行記など
数々の著作があり、サマーセット・モーム賞なども受賞している。
数学、哲学、イタリア現代詩とさまざまな分野にわたって、
大学で教鞭をとったこともある。
「90分でわかる哲学者」シリーズは
イギリスでベストセラーになり、多くの国で翻訳されている。
哲学者シリーズの他に
科学者や医学者を扱ったシリーズも刊行されている。

訳者プロフィール

浅見昇吾
Shogo Asami

慶應義塾大学文学研究科博士課程修了。
ベルリン・フンボルト大学留学を経て、
現在、上智大学外国語学部教授。外国人が取得できる
最高のドイツ語の資格・大ディプローム（GDS）を持つ数少ない一人。
『この星でいちばん美しい愛の物語』（花風社）、
『魔法の声』（小社刊）など訳書多数。

90分でわかる
カント

KANT in 90 minutes
by Paul Strathern

2015年1月20日 第1版第1刷発行

著者 — ポール・ストラザーン

訳者 — 浅見昇吾

発行者 — 玉越直人

発行所 — WAVE出版
〒102-0074 東京都千代田区九段南4-7-15
TEL 03-3261-3713 | FAX 03-3261-3823
振替 00100-7-366376
E-mail: info@wave-publishers.co.jp
http://www.wave-publishers.co.jp

印刷・製本—中央精版印刷

ISBN978-4-87290-732-2 NDC102 159p 19cm